개인주의 가족

개인주의 가족

초판 1쇄 발행 2016년 3월 18일
초판 2쇄 발행 2016년 3월 25일

지은이 그레구아르 들라쿠르
옮긴이 이선민

펴낸이 이상순
주간 서인찬
편집장 박윤주
제작이사 이상광
기획편집 한나비, 김한솔
디자인 유영준, 이민정
마케팅 홍보 이병구, 이희리
경영지원 오은애

펴낸곳 (주)도서출판 아름다운사람들
문학테라피는 (주)도서출판 아름다운사람들의 임프린트입니다.
주소 (413-756) 경기도 파주시 회동길 103
대표전화 031-955-1001 **팩스** 031-955-1083
이메일 books777@naver.com
홈페이지 www.books114.net

———

L'Écrivain de la famille by Grégoire DELACOURT
©2011 by Editions Jean-Claude Lattès
All Rights Reserved
Korean translation ©2016 by Beautiful people
Korean translation rights arranged with Editions Jean-Claude Lattès
through Orange Agency

개인주의 가족

그레구아르 들라쿠르 지음 | 이선민 옮김

GRÉGOIRE DELACOURT

문학테라피

차례

"책이 지닌 파괴력이 얼마나 강력한지는
누구보다 잘 알면서도
내 주변에 있는
가장 사랑하는 이들을 지키는 방법은
제대로 알지 못했다."

「슬픔」, 리오넬 뒤루아

1
우리 가문의 작가님

일곱 살에, 시를 썼다.

엄마
엄마는 엠마가 아니죠.
아빠
아빠가 묵찌빠를 하네요.
할머니
할머니는 허니처럼 다정해요.
할아버지
세상 사람 모두 지지고 볶아요.

나는 일곱 살에 난생 처음 문학적 소질을 인정받았다. 엄마는 날 꼭 끌어안았고 아빠와 할머니, 할아버지는 뜨거운 박수를 보냈다.

찬사가 터져 나왔고, 축배를 드는 소리가 났다. 엄청난 단어들이 입 밖으로 튀어나왔다. 천재. 할아버지한테 소질을 물려받았네, 1941년 유태인 수용소에서 재치 넘치는 편지를 썼던 할아버지. 시인. 일곱 살짜리 랭보.

아빠의 뺨 위로 눈물이 흐르기도 했다. 천천히 무겁게, 수은이 흐르듯이.

서로 시선을 주고받고 입가에 떠오른 미소도 가실 줄 몰랐다. 보잘것없는 시 네 구절로, 그렇게 나는 우리 집 작가님이 되었다.

아홉 살, 나는 소위 말하는 영재들 틈에 끼여 있었다.

호셀리토*, 빌리 엘리엇, 조르디**와 같은 사람들을 기억하는가.

하지만 클수록 글을 쓰는 감각이 점점 떨어졌다.

난생 처음 '반짝 천재'라는 말을 들었고, 표현이 세련되든 촌스럽든, 말이라는 게 잔인할 수 있다는 것을 깨달았다.

나는 아홉 살에 신경쇠약을 앓았다.

'뭐라도 써 보렴', 보다 못한 담임선생님이 한마디 했다, '학습지도 선생님을 찾아가 봐'. 여교장 선생님도 몇 번씩이나 똑같은 말을

● 1950~60년대 스페인 국민들을 열광시킨 꼬마 천재 가수.
●● 만 4세에 불과한 나이에 음반을 발표해 선풍적 인기를 끈 프랑스 세계 최연소 가수.

했다. '유급해야겠네', '정신과 치료도 받아야겠어'.

나의 열 번째 생일이 다가올 때쯤, 부모님이 모여 앉아 회의를 열었다.

날이 새도록, 한쪽이 피우는 지탄 담배 연기와 다른 한쪽이 피우는 루아얄 멘톨 담배 연기가 서로 뒤섞여 음산한 소굴을 가득 채웠다. 나와 남동생, 여동생은 그 시간 내내 응접실 문 뒤에 쪼그리고 앉아 마약중독자같이 시뻘건 눈을 하고 굶주린 배를 움켜쥔 채 최후의 판결을 기다렸다. 나보다 363일 어린 남동생은 여러 차례 날개를 펼치고 티노 로시°의 노래를 흥얼거렸고, 평소에는 앵앵거리며 말하던 어린 여동생은 목소리를 낮춰 얘기하고 있었다. 그리고 나는 두루마리 휴지 위에 세상의 종말을 고하는 시를 써 내려갔다.

칼레여 안녕
걸레여 안녕
굴레여 안녕

이제 곧 동이 틀 시각.
응접실에는 담배가 모자랐다. 말 대신 콜록거리는 소리만 줄곧 이어졌다. 회의는 거의 끝나 갔다.

● 1930년대 감미로운 목소리와 미모로 최고의 인기를 구가한 프랑스 상송 가수.

드디어 부모님이 뿌연 안개 속에서, 퀭한 눈과 잿빛 안색, 둔해진 혀, 떡이 된 머리를 하고 나오셨다. 갑자기 부모님이 엄청 늙어 보였다.

– 에두아르는 기숙학교로 들어갈 거야.

나는 아무 말도 하지 못했다. 욕은커녕 입도 뻥긋 못 했다. 화를 내지도 아양을 떨지도 못하고, 상냥한 말도 가시 돋은 말도 하지 못했다.

1970년 가을은 나의 벗들을 앗아 간 계절이었다. 프랑수아 모리아크**, 존 더스패서스***, 미시마 유키오****, 마지막으로 장 폴랭*****.

신학기 개학 날, 아빠는 시트로엥 DSuper 5를 몰아 아미앙까지 두 시간 만에 주파했다.

클로드 소테****** 감독 영화의 한 장면이 따로 없었다.

운전대를 잡은 남자가 전에 피우다 남은 꽁초에 다시 불을 붙여 가며 쉴 새 없이 줄담배를 피운다. 미셸 피콜리*******를 닮았다. 조수석에 앉은 사람은 눈에 금방 띄지 않는다. 아직 키가 작다 보니

** 1952년 노벨문학상을 수상한 프랑스 소설가.
*** 미국의 저명한 소설가.
**** 전후 세대의 니힐리즘 또는 이상심리를 다룬 작품을 많이 쓴 일본 소설가.
***** 초현실주의 영향을 받은 프랑스 작가 겸 시인.
****** 1992년 〈금지된 사랑〉으로 국제적 명성을 얻은 프랑스 유명 영화감독.
******* 클로드 소테 감독을 포함한 여러 유명 영화감독 작품에 출연한 프랑스 영화배우.

담배 연기에 파묻혀 잘 보이지 않는다. 자세히 보니 어린 아이가 있다. 애초부터 실패할 운명을 타고난 시인. 글을 쓰지 않는 작가. '반짝 천재'.

– 힘든 거, 아빠도 안다. 나 역시 알제리로 떠날 때 눈물이 났으니까. 돌아올 땐, 더 이상 흘릴 눈물도 남아 있지 않았지.

담배를 하도 피워 대서 목이 말랐는지, 운전자가 아미앙 역 광장에 있는 카페 앞에 차를 잠시 세운다. 그때가 아홉 시 삼십 분이고, 개학식은 열 시다.

– 아직 시간이 있어, 아빠가 중얼거렸다.

미셸 피콜리가 펠포스 맥주 한 잔과 코코아 한 잔, 크루아상 두 개를 주문한다. 그러고는 마치 마술사처럼 어디선가 포켓판 책 한 권을 꺼내 들었다. 책갈피는 주황색이고, 수채화로 그린 표지 그림 속에는 들판에 앉아 함께 식사 중인 농부들의 모습이 보인다. 한 노인이 금발머리 청년에게 술을 따라 주고 있고, 두 사람 뒤로 사슴 한 마리가 뿔의 위용을 뽐내듯 당당한 자태로 서 있다. 장 지오노의 소설 『내 기쁨이 지속하기를』이다.

– 자, 받아라. 두고 보면 알게 될 거야, 글을 쓰면 아문다는 걸.

아이는 어리둥절한 표정으로 아빠를 바라본다. '무엇이 아문다는 거죠?' 아빠는 아이의 불안을 감지하고 미소를 지어 보이지만 역시나 아무런 설명도 해 주지 않는다. 아이는 아주 가끔 아빠가 지어 보이는 미소가 참 좋다.

둘은 결국 지각을 하고 만다. 미셸 피콜리는 아들이 기숙사 방 침대 정리하는 걸 도와준다. 그들이 살았던 정원이 내려다보이는 넓은 집에서 그 남자의 아내가 아이들 침대를 정리해 줬던 것처럼 섬세한 손길로 아들의 잠자리를 매만진다.

아빠는 아침 조회가 이미 진행 중인 운동장까지 아들을 데려다주고, 아들은 이제 다시 시를 써 보려 한다. 그런데 아빠가 얼굴에서 미소를 거둔다. 자신이 어린 아들을 내버렸단 느낌이 불현듯 밀려든 것이다. 그는 몸을 휙 돌려, 자동차가 있는 쪽으로 달려간다. 아들이 아빠한테, 차를 타고 오면서 담배 연기 때문에 눈물이 났다고, 슬프다고, 정말이라고 말할 틈도 주지 않은 채.

'컷'.

사감 신부님이 지오노 소설책을 블랙리스트에 올렸다.

아빠가 내게 주신 유일한 선물이자 수수께끼의 단서를 지니고 있는 그 책을 압수했다.

'글을 쓰면 아문다는 걸.'

밖에서는 사람이 이제 곧 달 표면을 걸어 다니고, 머라이어 캐리라는 8옥타브를 넘나드는 여가수가 세상에 등장하는 시대에 살고 있었는데, 그 안에서는 36년 전에 쓴 책을 검열하다니.

그래서 나는 표독스러운 사감에게 복수하려고, 익명으로 글을 남겼다.

작은 것부터 시작했다, 시시하게.

맨 먼저 체육실에 있는 세면대 석고 타일에 볼펜으로 두 마디를 썼다.

몽카생은 멧돼지.

왜 하필 몽카생이냐고? 한 덩치 하는 '키다리'였으니까. 중학교 3 학년에, 늘 우울하고, 조용하면서도 거친 녀석. 코 밑에 까만 면도날 모양으로 수염이 나 있었으니까. 익명으로 쓴 글로 우리를 겁주는 것들을 물리칠 수 있을 테니까.

다음번에는, 발랑시엔에 있는 우리 집 열쇠로 몽카생의 나무 책상 위에 다음 다섯 마디 글씨를 새겼다.

사감 신부님은
발가벗고 돌아다니기를
좋아해.

끝으로, 미술실 문에 구아슈로 다음 네 마디 글씨를 그려 넣었다.

에두아르는
들쥐 냄새가 나.

- 실은 들쥐한테서 무슨 냄새가 나는지도 제대로 알지 못했어. (그저 이렇게 나를 놀리는 글을 써 놓으면 사람들이 나를 범인이라 생각지 못할 것이라고 판단했었지.)

그런데 내 복수의 글은 기숙학교 안 사람들만 향한 것이 아니었다. 그랬다. 그동안 잘 보이려고 애쓰고 희생을 감수했던 이들에게 남기는 글까지 쓰고야 말았다.

다음 글은 엄마를 떠올리며 썼다. 일부러 왼손으로 썼다 ― 수업 시간에 '필적학'이라는 단어를 배웠는데, 그때 선생님께서 글씨를 보면 그 사람이 누구인지, 심지어 범인의 정체까지도 밝혀낼 수 있다고 하셨다.

내버린 자식 만만하게 보지 마,
언젠가 꼭 다시 돌아와 본때를 보일 테니까.

'보지 마/보일 테니까'라고 운율을 맞추기 싫었는데, 나도 모르게 그렇게 쓰고 말았다. 3년 전, 어린 나이에 이미 '엄마'와 '엠마', '할머니'와 '허니'라고 쓰고 사람들한테서 귀여움을 받지 않았던가.

그런데 그 뒤로, 사람들은 나한테서 다시 사랑을 앗아 가 버렸다.

사감 신부님은 우락부락한 체구의 체육 선생님(이름은 꽃처럼 야리야리했다)을 대동하고 학생들을 모두 앞마당에 집합시키더니 학교 건물 곳곳에 적힌 욕설들을 차례로 읊었다.

그는 익명으로 이런 글귀를 써 놓은 범인이 참 어리석고 비겁하다며 심하게 꾸짖었다. 얼굴은 완전히 시뻘개졌고, 관자놀이에는 핏줄이 섰다. 핏줄을 따라 세차게 흐르는 강물처럼 피가 지나는 듯했다.

그러다가 갑자기 큰 소리로 웃기 시작했다. 지금도 그 웃음소리가 내 귓가를 맴돈다. 악마의 웃음소리. 그러고는 외쳤다, 내가 바본 줄 아나, 이 멍청한 놈들아! 너희들 중에 스타니슬라스 앙드레 스티망*을 아는 놈이 있기나 해? 우리는 서로를 힐끗 쳐다보며, 우리들 중에 스티망이 누군지 찾기 시작했다. 멍청한 데다가 무지하기까지한 녀석들! 『살인자는 21번지에 산다』 읽어 본 사람 없나? 여기저기서 웃음소리가 들렸다. 어느덧 사감 신부님의 핏줄은 곧 터질 것 같이 부풀어 올랐다. 가까이 서 있던 학생들은 한 걸음 뒤로 물러섰다.

그 순간, 별명 두 개가 공중에 울려 퍼졌다.

- 멧돼지 군! 들쥐 군! 당장, 앞으로!

여기저기서 키득거리는 소리가 흘러나왔다. 몽카생과 나는 앞으로 나갔다. 사감 신부님은 갑자기 신부님의 자태를 뽐내며 입가에 온화한 미소를 지어 보였다. 그렇게 타락한 양 두 마리를 굴복시킬 기세였다.

● 벨기에 추리소설가.

－ 교활한 녀석들.

우리 둘이 더 가까이 다가가자 그가 속삭였다.

－ 들쥐 군, '교활한 녀석'과 운을 한번 맞춰 보시지…….

나는 두 눈을 동그랗게 떴다.

－ '멍청한 녀석'. 멧돼지 군, 자네는 악마 같은 얼굴로 거짓말할 생각 마.

그러자 몽카생이 손으로 권총 모양을 만들어, 총구를 사감 얼굴 쪽으로 향하더니, '탕' 쏘는 시늉을 했다.

소리 없는 총격이 그 어느 때보다 소름끼치는 침묵을 만들어 냈다. 한 학생이 신부에게 권총을 쏘았고, 그 신부는 여전히 살아 있었다.

콧수염 난 우울한 살인자가 미소를 지으며, 총자루에서 다시 원래 모습으로 돌아온 손을 내게 내밀었다. 나는 흠칫 놀라 뒤로 물러섰다. 몽카생은 왜 범인을 자처했을까? 무언가 바라는 게 있겠지? 무시무시한 걸까? 성체 빵 훔쳐 오기? 친구가 되어 주기? 아니면 노예? 하지만 그가 지어 보이는 미소가 아름다웠고, 결국 나는 그의 손을 잡았다.

－ 그럴 줄 알았어, 사감 신부님이 흥분을 감추지 못했다, 그럴 줄 알았다고!

스티망의 추리소설에서도 살인자는 한 명이 아니라, 세 명이 등장해 서로가 서로를 지켜 주었다.

몽카생과 나는 4주 동안 방과 후에 남아 벌을 받았다. 교장 신부님은 부모님을 학교로 불렀다. 몽카생은 다음 학기부터 기숙학교에 다닐 수 없고, 몽카생이 한 행동은 생활기록부에 남을 거라고 했다. 그리고 나는 그 뒤로 '감옥'에서 자야만 했다. 공동 침실에 붙어 있는 방이었는데, 그 방이 독방이어서 '감옥'이라고 불렀다. 신학교에서 독방 생활을 한다는 건 타락하고, 전염을 시킬 수도 있는 사람이라는 뜻이었다. 나병 환자처럼.

발랑시엔에서 지내던 엄마는, 형편없는 가정통신문 내용에 창피한 마음을 감추지 못했다. 살인자의 얼굴을 한 몽카생과 함께 저지른 나의 행동에 충격을 받고서 내가 평범한 아이가 아니라고 결론을 내리셨다. 다른 아이들보다 뛰어나다고 생각한 것이 아니라, 남달리 위험한 부류에 속한다고 생각했다. 이럴 수가 있나요, 일곱 살 때만 해도 더할 수 없이 온순하고, 금발머리에 계집아이처럼 예쁘장한 얼굴을 하고 시를 써서 가족들을 행복하게 해 주던 아이였어요, 천사가 따로 없었죠, 그런데 나이를 세 살 더 먹더니 가족을 위협하고 글 쓰는 재능을 이용해 우리를 겁주질 않나, (제대로 된) 날라리 친구랑 어울려 놀며 다른 학생들을 벌벌 떨게 하네요, 그 녀석 아비로서 뭘 어떻게 해야 할지 모르겠어요, 마땅히 선생님께 말씀드려야 하겠지요, 상태가 심각합니다. '마땅히 한다'. 정말 이상한 말투 아닌가.

1971년 봄.

프랭크 에 피스*의 줄무늬 저지 소재 옷과 까사렐**의 초미니스 커트가 유행이던 시절, 무엇보다 사람들의 관심을 끈 건 정신분석 요법이었다. 그 전해에 퐁탈리스가 창간했던 새로운 정신분석학 잡지가 어느새 세 번째 호를 발행했다. 엄마도 그 잡지의 애독자 중 한 사람이었다.

열한 살이 되고, 시인으로서의 행보에 일시적으로 슬럼프를 겪은 나는 결국 매주 목요일과 토요일 오후마다 아미앙 역 뒤편에 프로망탱이라는 정신과 의사를 찾아가 상담을 받았다. 의사는 영 나쁘진 않았다. 『브루클린의 아브라함』을 쓴 작가 디디에 드쿠앵과 닮은 모습이었다. 의사는 커다란 검은 책상 앞에 앉아 있었다. 검은 책상 위에는 하얀 종이 한 장이 놓여 있었다. 한 손에 기다란 은색 만년필을 쥐고 있는 모습이 마치 새 모가지를 비트는 것 같았다. 의사는 아무 말도 하지 않았다. 나 역시 아무 말도 않자, 아무 일도 일어나지 않았다. 의사는 그저 내게 바리움정과 모가돈***을 처방해 주었고 나는 글을 쓰고, 웃고, 우리 집으로 돌아가고, 말하고 싶은 마음이 사라졌다.

살고 싶은 마음이 사라졌다.

아빠 나이가 이제 마흔다섯.

● 여성복 및 액세서리를 주로 판매하는 프랑스 파리 백화점.
●● 프랑스 여성복 브랜드.
●●● 진정 수면제의 일종.

아빠는 알프스 시벨 산맥 한가운데 있는 코르비에에서 따로 지내셨다. 홀로 지낸지 수개월 째. 남동생이 열 번째, 내가 열한 번째 생일을 맞이했는데도 오지 않으셨다.

매년 그렇듯, 엄마는 남동생과 내 생일이 이틀 밖에 차이가 나지 않는다며, 생일파티를 한 번에 몰아서 열어 주셨다 ― 제대로 따지면 363일 차이인데. 아이들 손님은 찾아보기 힘들고, 어른 남자들만 바글바글했다. 엄마는 자주 웃으셨다. 쿠레주 원피스를 입고 계신 모습이 정말 아름다웠다. 한 남자가 엄마를 웃음 짓게 하는 순간 분홍빛 입술이 반짝거리고, 이 남자가 엄마한테 담뱃불을 건네자 엄마는 다시는 놓지 않을 것처럼 그 남자 손을 꼭 붙들었다.

나는 그날 엄마가 우리를 떠나는 모습을 보았다.

엄마는 전에 하지 않던 행동을 보이셨고, 들어본 적 없던 높은 음계의 웃음소리를 내셨다. 아름다우면서도 외설적이고 부정한 엄마의 모습을 보았다. 우리와 아빠가 아닌 다른 누군가와 있으며 행복해하는 엄마의 모습이, 마치 우리에게 무엇인가 호소하고 있는 듯했다. 엄마는 너희 없이도 살 수 있다고, 그러니까 우리도 그 상황에 대비해야 한다고, 언젠가는 우리가 더 이상 지금처럼 지낼 수 없는 날이 올 거라고. 엄마의 그 웃음소리가 지금은 우리가 서로 연결되어 있어도 언제든 해체될 수 있다고 말해 주고 있었다. 금이 갈라지는 소리를 우린 끝내 듣고 있을 수밖에 없었다.

가족은 영원할 수 없다고.

그래서 나는 두렵고 추웠다. 그날 하루 종일 동생 옆에 꼭 붙어 있었다. 의사가 처방해 준 모가돈이 나를 바보로 만들었다. 어째서 아빠는 이리도 오랜 시간을 코르비에서 홀로 지내시는 걸까? 어째서 우리한테 편지 한 통 보내지 않으시는 걸까? 친할머니께서 우리더러 '가게'가 사정이 어려워졌으니 아빠를 위해 기도를 하라고 하셨다. 잔인한 놈들이 단돈 30프랑짜리 기성복 원피스와 18프랑짜리 기성복 셔츠, 미터당 70프랑짜리 맞춤 커튼(봉과 고리까지 포함해서)이 쫙 깔린 대형마트를 들고 쳐들어왔다고. 깡패 같은 놈들이 우리를 전부 죽일 거라고.

우리는 생일 선물로 작은 기차 장난감을 받았다. BB 27 모델은 화물 차량을 딱 하나 달고 필사적으로 둥근 모양의 레일 위를 돌고 또 돌았다. 동생은 웃었지만, 나는 웃지 않았다. 엄마가 다가와 말씀하셨다.

– 에두아르, 아빠가 아프셔, 우울증이시래.

– 그럼 죽어요?

– 그러실 수도 있지, 하지만 돌아오실 거야. 어떻게 하면 아빠가 좋아지실까? 네가 아빠한테 편지를 쓰면 힘내실 거야.

하지만 엄마, 난 더 이상 글을 쓰지 않아요. 주말 동안 학교에 남아 아빌라의 성녀 테레사의『영혼의 성』을 베껴 쓰는 벌을 받은 뒤로요. 내가 엄마한테 보낸 편지가 봉투를 열어 본 흔적도 없이 그대로 있는 모습을 본 뒤로요. 바리움정과 모가돈을 복용한 뒤로 말이에요.

더 이상 글을 쓰지 않아요.

– 잘 생각해 봐. 네 아빠야.

그래서 나는 '감옥'에서 자습하는 시간에 아빠한테 보낼 편지에 글씨를 몇 자 끄적거렸다. '기쁨'과 운율이 맞는 단어들을 찾았다. 미쁨, 숨 가쁨. '돌아오다'와 운율이 맞는 단어들도 찾았다. 건너오다, 가져오다, 오다가다. 아빠가 그리웠다. 아빠가 피우는 담배 연기도, 아빠의 쓸쓸함까지도.

몇 주 뒤, 코르비에 계신 아빠께 엽서 한 장을 부쳤다. 앞면에는 1940년 독일군 폭격에도 살아남은 발랑시엔 시청 건물 사진이 있고, 뒷면에는 더할 나위 없는 한마디 말이 쓰여 있었다.

'사랑해요.'

아빠는 몇 달 뒤, 깡마르고 검게 그을은 모습으로 돌아왔다. 머리까지 약간 벗어진 채. 그래도 고양이 눈을 닮은 아빠의 초록 눈만큼은 예전의 눈빛을 되찾은 듯했다. 우리 가족은 모두 울었다. 여동생 클레르는 노래를 한 곡 불렀고, 남동생은 학교에서 (어머니날을 맞아) 만든 주황색 털실 전등갓을, 나는 자크 파이장*의 만화책을 아빠한테 선물로 건넸다. 아빠는 우리를 한 명 한 명 차례로 안아 주시며

● 프랑스 유명 만평가.

고마워하셨다. 다시 가족 품으로 돌아온 것을 신께 감사드리고, 앞으로 다 잘될 거라고 단언하시더니, 나를 보고 한마디 하셨다. 천천히, 필요 이상으로 또박또박 말씀하셨다. 마치 아주 오래 전부터 이 말을 또렷하게 들려주기 위해 애써 준비해 왔던 것처럼.

– 에두아르, 내 목숨을 구해 줘서, 정말 고맙다.

엄마는 어깨를 한 번 으쓱하시더니, 응접실로 사라지셨다. 엄마는 그곳에 틀어박혀 루아얄 멘톨 담배를 피우기를 좋아하셨다. 아빠가 집으로 다시 돌아오자마자, 엄마의 미모는 자취를 감추고 말았다.

아빠는 제 손으로 직접 다시 가게 문을 열고, 대대적으로 확장 공사를 진행하셨다 — 아빠 말로는, 매장 전체 면적이 500평에 달할 거라고 했다. 납품업체와도 계약을 새로 맺었다. 투르 드 프랑스에서 다섯 번이나 챔피언 자리를 차지한 '사이클 천사', 자크 앙크틸이 가게를 몸소 방문해서는 자신의 첫 번째 트랙 슈트 컬렉션을 선보이기도 했다. 나에게도 트랙 슈트 한 벌을 선물해 주었다. 슈트 위에 사인을 해서 주는 모습에 직원들은 환호성을, 판매 사원들은 부러운 시선을 보내왔다. 하지만 세탁 한 번 하고 나니 사인은 온데간데없고, 체육시간 친구들한테서 놀림을 실컷 받을 만한 부위에 펜 얼룩만 남았다.

단 한 마디가 아버지 인생을 되돌려 놓았다.

나는 아버지한테 무슨 일이 있었냐고 감히 묻질 못했다. 엄마의 빼어난 미모 때문이었을까? 알제리 전쟁에서 돌아온 뒤 눈물이 말라 버려서? 아버지의 메마른 심장 때문에 엄마가 힘겨워했던 걸까? 우리는 서로 그 일에 관해서는 한마디도 하지 않았다. 아무 일도 일어나지 않았던 것처럼.

엄마는 멘톨 담배 연기에 파묻혀, 응접실에 틀어박혀 계셨다. 저녁이면 눈물을 흘린 사람처럼 두 눈이 시뻘게져 있었다.

아침마다 아빠는 점점 이른 시간에 가게로 나가셨다. 아빠와 마주칠 시간이 거의 없었다. 부모님이 함께 있는 모습이라고는 일요일에 친할머니 댁에 가서, 고기와 구운 사과 요리를 앞에 두고 둘러앉아 있을 때가 전부였다. 아빠는 입만 열면 가게 얘기뿐이었다. 그것 말고는 할 얘기가 없는 사람 같았다. 날씨나 음악, 세상 돌아가는 얘기는 아빠 머릿속에서 사라진 듯했다. 시내상인연합회 얘기도 꺼내셨다. 우리 밥그릇은 우리가 지켜야지, 대형마트가 이대로 들어오도록 가만있지 않을 거라고! 엄마는 들은 척도 안 하셨다. 고기와 구운 사과 요리는 입에 대지도 않고, 저 멀리서 누가 봐도 싫증난 기색으로 줄담배만 피우고 계셨다.

그러고는 저녁이 되었다. 아빠가 나를 발랑시엔 역까지 차로 바래다주시며, 나를 꼭 안으시더니 속삭이셨다. 미안하구나, 용서해다오. 나는 눈가가 촉촉해진 채 플랫폼으로 달려가 아미엥으로 가는 기차를 기다렸다. 결국 수천 번 넘게 되뇌었던 말은 꺼내지 못한 채. 얘기해 주세요, 아빠.

그렇게 우리는 벙어리가 되었다. 집안에 전속 작가씩이나 됐다는 가족이 이럴 수 있단 말인가.

정신분석 요법이 우리 가족을 망쳐 놓았다.

엄마는 릴에 있는 부세라는 심리상담사에게만 속내를 털어놓을 뿐, 평소에는 아무 말도 하지 않으셨다. 아빠는 말이라는 게 치유를 할 수도 있지만, 상처를 내고 무너뜨릴 수도 있다는 생각에 입을 다무셨다. 그래서 우리는 감히 어떤 질문도 하지 못했다. 입을 열면 의도치 않은 촉매 반응이 일어날 수도 있었다.

예시.

어린 시절 내가 시인으로 등단했던 연노랑빛 부엌에서, 때때로 프랭크 카프라 영화에 등장하는 가족들처럼 유쾌하고 재미있는 시간을 보내며 기쁨을 누렸던 순간을 기억하고 있는 그곳에서, 어느 날 저녁 온 가족이 식탁에 둘러앉은 자리에서 내가 부모님께 물었다.

– 침묵한다는 건 더 이상 서로 사랑하지 않는다는 거예요?

침묵이 이어지고 정적이 감돌다가 느닷없이 물건들이 공중으로 날아갔다.

여동생 클레르는 고함을 지르기 시작했고, 그 소리가 끝을 모르고 높이 올라갔다. 옆에 있던 남동생도 눈물이 그렁그렁한 채 똑같이 고함을 질렀다. 잔뜩 겁에 질린 남동생이 여동생 클레르 옆에 찰싹 달라붙어 품 안에 숨었다. 둘은 위로 지나가는 폭탄들을 가로질러 방으로 들어가 피신했다. 반면, 나는 그 자리에 얼어붙은 채 가만히 있었다.

부모가 서로 싸우는 모습을 보면, 자식은 죽고 싶다는 생각을 하게 된다.

나는 식탁 밑으로 들어가 납작 엎드렸다. 겁 많은 강아지처럼.

엄마는 부엌에서 나가, 방문을 쾅 닫고 들어가셨다. 잠시 뒤 아빠가 천천히 자리에서 일어나셨다. 다리를 휘청거리셨다. 이젠 마흔여섯 살 먹은 늙은이였다. 아빠는 바닥에 널브러진 깨진 말 조각들을 주워 모으기 시작하셨다. '소금통, 접시, 컵, 물병, 오븐 그릇'. 산산조각 난 말들을 다시 붙이시겠지. 그런 뒤에 원래 있던 자리에 가지런히 정렬해, 다 괜찮다고, 곧 모든 게 제자리를 찾을 거라고 얘기하는 문장을 만들어 보려 하시겠지. 시간이 흘러, 상처가 나서 남은 흉터를 애써 숨기려 하시겠지. 결국 망각에 닿을 때까지, 어두운 벽장 깊숙한 곳까지 밀어 놓으시겠지.

아빠는 두려움에 벌벌 떨고 있는 강아지를 발견하시고는 몸을 숙여 손을 내미셨다. 유일하게 아빠가 눈물 흘리는 모습을 본 순간이었다. 아빠의 눈물을 보고 난 뒤, 나는 내가 느끼는 고통보다 훨씬 더 큰 고통이 있다는 것을 알게 되었다. 아빠의 고통. 그래서 나는 아빠 손에 이끌려 나와, 다시 밝은 곳으로 돌아왔다.

1971년 그해 여름은 잔인했다. 루이 암스트롱, 짐 모리슨, 피에르 플라망.

루이 암스트롱은 심장마비로 세상을 떠났고, 짐 모리슨 역시 마찬가지였다. 물론 그의 사인에는 약물복용이나 FBI가 연루되어 있다는 음모론도 있지만. 마지막으로 나의 외할아버지 피에르 플라망도 치매를 겪으시다 조용히 숨을 거두셨다. 외할아버지는 세 딸의 이름조차 기억하지 못하셨다. 밥을 입이 아닌 귀에 집어넣기도 하시고, 변기 물 내리는 일도 매번 잊으셨다. 부인을 보고 누구냐고 묻기도 하셨다. 특히, 드니즈 파브르°의 웃음소리를 듣고 낄낄거리실 때가 많았다.

엄마와 딸들이 연초에 모여 앉아 의논한 끝에, '다시 어린아이가 된 사람'을 벨기에 요양원으로 보내기로 했고, 그 사람은 그곳에서 숨 쉬는 걸 잊고 말았다.

외할아버지의 시신을 보는데, 꼭 나뭇가지를 보는 듯했다. 너무 말라, 뼈만 앙상하게 남아 있었다. 얼굴 가죽은 너무 커서, 크레이프 반죽처럼 축 처진 모습이었다. 눈을 뗄 수가 없었다. 내가 처음으로 마주한 시신이었다. 엄마는 눈물을 흘리셨지만, 내 눈은 말라 있었다. 엄마가 내 손을 잡으셨고, 우리 둘은 병실을 나왔다. 밖은 아주 더웠다. 엄마가 벤치에 앉아, 엄마 앞에 나를 마주 세워 놓으시더니, 나를 응시하다가 내 머리칼을 쓸어 넘기셨다. 엄마의 손이 떨렸다.

– 멋지구나.

● 프랑스 유명 라디오 및 TV 프로그램 진행자.

엄마가 말씀하셨다. 엄마는 오늘 추한데. 너무 끔찍하구나, 이제 나에게 아빠가 안 계시다니. 더 이상 아빠가 옆에 없는 사람의 모습은 아주 추하지.

그때, 이 세상에 못난 딸을 가진 아버지는 없다고 엄마한테 멋들어지게 얘기해 주기에는 내가 너무 어렸고 그럴 만한 재능도 없었다. 엄마 뺨을 타고 흐른 눈물이 햇빛에 말라, 양쪽에 눈물 자국이 생겼다. 엄마는 잠시 날 끌어안더니 몸을 일으켜 차로 향하셨다. 자, 어서 가자!

나는 그 순간 어린 시절이 멀어지는 것을 느꼈다.

차에 타더니, 엄마가 나더러 장례 미사에서 읽을 추도문을 몇 줄 써 보라고 하셨다. 나는 아무 말도 하지 않고, 창밖 풍경을 바라보았다. 나뭇가지가 눈에 들어왔다. 팔과 다리, 몸통. 할아버지의 토막. 순간 구역질을 했다. 엄마가 급히 차를 세우셨고, 나는 차에서 내려 구토하고, 엄마는 운전석에 앉아 기다리셨다. 엄마가 미슐랭 지도로 부채질을 하는 바람에 엄마의 빨강머리가 흩날렸다. 엄마는 창백한 얼굴에 멍한 모습이었다.

갑자기 엄마가 클랙슨을 빵 하고 울렸다. 나는 끈적끈적하고 역겨운 냄새가 나는 입을 닦지도 못한 채 얼른 다시 차에 올랐다.

나는 밤새 썼다. 사전에는 '마우타우젠'이 이렇게 나와 있다. 나치가 오스트리아 지역에 세운 강제 수용소의 명칭(나머지 내용은 민들레 홀씨를 불어 날리는 로고 모습과 함께 날아가 버린 듯했다). 뉘른베르크 재판이 있은 뒤로 사진들이 전 세계를 떠돌았다. 인간의 공포와 두려움, 타락, 수치, 오욕. 생존자들은 살아 있어도 사는 게 아니었다. '기억장애'가 오히려 할아버지께 내려진 은총과도 같았다. 치매를 앓은 탓에, 어느 여름날 크노크 르 주트 해변에서 자식들이 "아빠 잡아 보세요!"라고 외치며 달려가는 모습이나 아내가 레모네이드를 따라 주며 미소 지어 보이는 모습 같은 행복한 장면들도 기억 속에서 지워 버렸지만, 한편 어둡고 우울한 기억들도 모두 지워 버렸으니까. 할아버지는 치매로 죽었지만, 어떻게 보면 치매가 할아버지를 구원한 병이기도 했다.

나는 엄마가 슬퍼하지 않길 바라는 마음으로 글을 써 내려갔다.

장례식은 나흘 뒤 생 미쉘 드 발랑시엔 성당에서 치러졌다. 중앙홀이 사람들로 가득 찼다. 흐느낌 사이로 비발디의 곡 '슬픔의 성모'가 울려 퍼졌다. 할아버지의 딸 둘과 공증인 친구, 먼 사촌이 차례로 앞으로 나와 마이크를 잡고 추도문을 읊었다. 결국 나한테는 아무도 마이크를 넘기지 않았다.

내가 열두 살이던 해, 아빠는 난청을 호소하시며, 여러 종류의 보청기를 바꿔 끼워 보셨다 — 당시만 해도 아직 이런 종류의 제품이 소형화되기 전이었던 터라, 여동생 클레르와 나는 아빠한테 '덤보'라는 별명을 몰래 붙였다.

아빠 나이가 아직 쉰도 안 됐을 때였다.

가게 문을 연 첫해, 자크 앙크틸의 트랙 슈트가 재고가 쌓일 틈도 없이 팔리고, 커튼과 마크라메 레이스 장식도 여러 종류가 들어오고, 매달 첫째, 셋째 수요일마다 미국식 바겐세일을 열어 손님을 끌어 모으며 재미를 보는가 싶더니 금세 매상이 다시 줄어들었다. 반짝 호황기에 번 돈으로 확장 공사에 들어간 빚을 다 갚기에는 역부족이었다. 아빠 안색은 노르스름한 보청기 색깔과 똑같이 변했고, 아빠는 가게 위층에 있는 할머니 집으로 다시 들어가 지내셨다.

아빠가 떠나시자마자, 엄마는 멘톨 담배 연기에 파묻혀 무기력하게 있던 상태에서 빠져나와, 우리 집에 있는 창문이란 창문을 모조리 열고, 더블 침대 시트를 걷어 내 쓰레기통에 버리고, 홀가분하게 집을 나서 미용실로 향하셨다.

그때부터 내 말이 고갈되기 시작했다―아무래도 덤보가 떠나면서 내 말도 가져가 버린 것 같았다. 학교에서는 간단한 작문도 하지 못했다. 어머니날에 달콤한 시 한 편도, 크리스마스카드 한 장도 쓰지 못했다. 정신과 의사는 바리움정과 모가돈의 복용량을 줄이고, 내가 먹는 식단을 물어보더니 연어를 많이 먹으라고 했다. 주 2회 30분씩 가지는 시간은 지극히 지루했다. 내가 의사한테 진부한 얘기들을 늘어놓으면, 의사는 기계적으로 받아 적었다. 국어 선생님은 어떤 글도 쓰지 못하는 내가 걱정스러운 마음에, 나더러 일주일에 책 두 권씩을 읽게 하셨다. 이 불행한 소식을 들은 친할아버지께서는 모리스 르블랑*과 가스통 르루**의 소설책을 나한테 보내 주셨다. 깐깐한 사감 신부님은 그중 『칼리오스트로 백작부인』을 검열했다. 한편, 철들 나이가 된 여동생 클레르는 마르틴 시리즈*** 열두 권을 보내왔다. 아직 어린애 티를 벗지 못한 기숙학교 친구들이 관심 가질 만한 유일한 책이었다. 어느 일요일, 나는 부모님 집에서 살고 있는 덤보를 만나러 갔다. 덤보가 지내는 방 모습이 궁금했다. 우리 없이 어떻게 지내시는지 말이다. 벽에 우리 사진이 걸려 있을까? 우리가 그린 그림, 남동생이 준 주황색 털실 전등갓, 내가 보낸 엽서, 파이장의 만화책을 가지고 계실까? 엄마를 추억할 만한 물건이 있을까? 과연 잃어버린 말들이 여기에 있을까?

덤보 방은 칙칙했다. 벽에는 아무런 사진도 걸려 있지 않았고, 털실 전등갓도 보이지 않았다. 우리의 흔적은 어디에도 없었다. 침대에 걸터앉아 있던 덤보는 나의 불안한 마음을 감지하고는, 자기 옆자리에 날 앉히고, 내 어깨 위에 손을 올리셨다. 덤보의 손이 떨렸다. 자신의 또 다른 약점을 내게 숨기지 않으셨다는 사실에 왠지 모르게 뿌듯한 마음이 들었다. 언젠가 네가 침묵한다는 건 더 이상 사랑하지 않는다는 뜻이냐고 물었는데, 네 엄마와 내가 부엌에 있는 물건들을 집어 던져 깨뜨린 적이 있었지. 내가 고개를 끄덕였다. 그래, 그건 그런 뜻이야, 덤보가 속삭였다. 맞아, 침묵은 끝을 의미하

● 아르센 뤼팽 시리즈로 유명한 프랑스 추리소설가.
●● 『오페라의 유령』으로 유명한 프랑스 추리소설가.
●●● 벨기에 작가가 프랑스어로 쓴 아동문학 시리즈 베스트셀러.

지. 그럼 아빠는 더 이상 듣지 못하니까 이제 곧 죽는 건가요? 내가 격앙된 목소리로 물었다. 덤보는 평소에 보기 힘든 미소를 지어 보이셨고, 손에 더욱 더 힘을 주셨다. 어째서 아빠가 떠난 뒤로 제가 말을 제대로 하지 못하는 걸까요?

하지만 덤보는 귀가 들리지 않았다.

중학교 1학년부터 6년 동안 기숙학교 생활을 하면서, 나는 헛똑똑이가 되고 말았다.

『테레즈 라캥』이 어떤 작품인지, 장 폴 사르트르와 장 솔 파르트르가 누구인지, 아르헨티나에 양속 염소류의 아과인 소과 개체수가 몇인지, 몰타 섬의 수도가 어디인지, 스위스의 형편없는 GDP 수치가 얼마인지, 지난 대선 1차 투표에서 에밀 뮐러의 득표수가 얼마인지는 알면서, 정작 학교 밖 세상이 어떻게 돌아가는지는 전혀 몰랐다.

공부만 아는 모범생에 속했다. 〈허수아비〉, 〈대부〉, 〈축제는 시작된다〉, 〈고독한 추적〉도 보지 못한, 세상과 동떨어진 아이였다. 마이크 브란트*가 자살한 사실도 알지 못하고, U2와 더 클래시, 훗날 우쿨렐레계의 거장이 되는 제이크 시마부쿠로가 세상에 나오는 순간도 보지 못하고, 비틀즈가 완전체로 등장하는 모습도 결국 보지

● 1970년대 전설적인 상송 가수.

못한 아이였다.

섹스도 열다섯 살에 영국에서 만난 통통한 여자아이와 해 본 게 전부였다. 분 냄새와 병아리 콩 냄새가 나는 여자아이였는데, 그 친구는 내가 흥분해 있는 아주 짧은 시간 동안에도 알아들을 수 없는 말로 재잘거렸다. 몇 년 뒤 함께 통학하는 친구가 자신의 경험을 자랑하며 머스크향이 나는 땀 냄새니, 단맛이 나는 오줌이니 하며 뻐기는 소리를 듣고 있자니, 내가 한 경험은 명함도 못 내밀 듯싶었다.

그래서 나는 부모님께 마지막 학년은 기숙학교가 아닌 곳으로 가겠다고 말씀드렸다. 엄마는 아빠가, 아빠는 엄마가 허락하면, 자신도 허락하겠다고 하셨다. 두 분 모두 허락하셨고, 나는 이모 댁으로 갔다.

이모는 루베 근교에 골프장을 옆에 끼고 있는 하얗고 예쁜 집에서 남편과 사나운 개 한 마리와 함께 살고 계셨다. 남편이 개 산책을 시키러 나가면, 이모는 그 시간을 완벽히 고요한 순간으로 여기며, 대문 쪽에 있는 수화기를 들었다. 그곳에 서서 산책하러 나간 남편과 개가 돌아오는지도 살필 수 있었다.

그러는 동안 나는 위층에 가만히 숨어, 진주 목걸이를 한 듯 이모 목에 맺혀 반짝거리는 땀방울을 바라보았다. 이모의 입에서 거친 숨과 웃음소리, 날카로운 소리, 훌쩍거리는 소리가 새어나왔다. 그 소리들은 기괴스럽다가 애처롭다가 우습다가 신경에 거슬리다가 했다. 연인들이 주고받는 말처럼 은밀한 것들을 목이 터져라 외치는 소리였다. 그 순간 엄마의 모습이 떠올랐다. 다른 남자들과 주고받던 낮은 웃음소리. 엄마에게 애인이 있었던 걸까? 그저 애인이 있기를 바랐던 걸까? 덤보는 그런 사실을 알았던 걸까? 그래서 우울증과 난청을 겪고, 불쌍하게 다시 '엄마' 곁으로 돌아갔던 걸까? 남동생도 그런 사실을 알았던 걸까? 자신을 불안에 떨게 만드는 소리들을 듣고 싶지 않아서 목청껏 티노 로시 노래를 부르고, 쇼팽 곡을 휘파람으로 불기 시작했던 걸까? 내 말이 고갈되어 버린 것도 그런 사실을 숨기려고 그랬던 걸까?

마지막 학년이 지나갔다.

밥 딜런 노래에 흠뻑 빠져 있기도 하고, 여자애들도 몇몇 만나, 그녀들의 침대까지 가 보려 애쓰기도 했다. 어떻게 하면 여자의 마음을 사로잡아 섹스까지 성공할 수 있는지 알려줄 수 있는 형이나 친구가 나한테 없다는 사실이 아쉬웠다. 사실이지 늘 중요한 건 그거니까, 사랑은 그 다음에 오는 말일 뿐이지 않나.

나는 턱걸이로 대입자격시험에 통과했다. 벡 메이 해변에서 아직 경험이 없는 사촌들과 혼자된 그들의 엄마들과 마지막 여름을 보냈다. 그렇게 유년기는 저 멀리 떨어져 나갔다. 이제 곧 열여덟 살이 되는데, 딱히 살아 보고 싶은 인생이 없었다. 힘겹게 가게를 운영하는 덤보의 인생도, 아내한테 바람맞은 이모부의 인생도 썩 내키지 않았다. 행복한 유년 시절이 그리웠다. 이제 더 이상 목청껏 노래 부르지 않는, 다시금 날개를 접어 버린 남동생이 그리웠다. 내가 쓴 시를 읽어 주면 기뻐하던 여동생 클레르의 모습이 그리웠다. 그래서 나는 소설을 쓰기로 결심했다.

78년 여름, 사람들은 플라스틱 베르트랑*에 열광했다. 빌리지 피플이 'Y.M.C.A', 보니 M.이 '라스푸친(Raspoutine)', 비지스가 '새터데이 나이트 피버(Saturday Night Fever)', 스콜피언스가 '도쿄 테이프스(Tokyo Tapes)'를 히트시켰다.

덤보는 딱 하루 우리와 함께 있었다. 해변에 있으면서, 그마저도 우리 곁에서 멀리 떨어져서 시간을 보냈다. 윗옷과 신발, 검은 양말을 벗은 채. 가재 무리 사이에서 길 잃은 풍뎅이 한 마리가 따로 없었다. 햇볕 아래 앉아, 그 자리에서 세 시간을 머물렀다. 들리지 않는 바다와 소리 없이 날뛰고 고함지르는 아이들을 멍하니 바라보았다. 그러다가 결국 얼굴이 완전히 벌겋게 달아올랐다. 덤보는 몸을 일으켜, 맨발로 모래 위를 걸어 뜨거운 열기가 올라오는 아스팔트 도로까지 갔다. 소녀 같은 걸음으로 아스팔트 위를 폴짝폴짝 뛰어 시트로엥 자동차로 다가가서는, 양말과 신발을 다시 신고 윗옷은 인조가죽 좌석에 던져 놓았다. 우리 중 누구라도 보겠지 하며 허공에다 손짓을 하더니, 차에 올라타 골목길을 돌아 사라졌다. 나중에 나는 혼자서 덤보가 시속 200킬로미터로 국도를 달려 가로수를

---

* 'Ça plane pour moi'라는 노래로 유명세를 떨친 벨기에 가수.

스치다가 마지막 순간에 차선에서 이탈하는 장면을 상상했다. 겁에 질린 채, 자신보다 더 정신 나간 운전자가 자기 자리를 치고 들어오길 바라며 인생 도박을 즐기는 모습 말이다. 쾅.

하지만 죽는 것도 강한 자만이 할 수 있는 건데, 덤보는 강한 사람이 아니었다. 내가 누구보다 잘 알지 않겠는가. 우리 모두 그의 약점을 물려받았으니까.

그해 여름, 사촌들은 바다로 나가 요트 타는 법을 배우고, 녹초가 되어서는 간식을 먹으러 돌아왔다.

여동생 클레르는 열세 살. 전에 만난 적 있는 여자 친구를 다시 만나, 바위산이 있는 북쪽으로 좀 더 올라가 남자아이들과 술래잡기를 했다. 남자아이들이 잡으려고 하면, 둘은 새끼 꽃게처럼 잽싸게 도망쳤다.

남동생은 해변에서 자기와 정신 연령이 비슷한 어린 아이들과 하루 종일 어울렸다. 온몸에 흰색 선크림을 떡칠하고, 양팔을 펼치기라도 하면 꼭 우아한 백조 한 마리 같았다. 남동생이 웃으면, 아이들이 남동생 주변을 빙 둘러싸 춤을 추고 신이 나 재잘거렸다. 한 번씩 해변에 있는 어두운 탈의실 안에 숨어, 남동생이 노는 모습을 바라보며 생각했다. 남동생이 늘 웃었으면 좋겠다고, 두려움도 차가움도 몰랐으면 좋겠다고. 하지만 나는 좋은 형이 되지 못했다.

솔잎이 맨발을 찌르는 모래 정원에서 엄마와 이모는 몇 시간 동안 캄파리를 마셨다. 두 사람의 남편들은 그곳에 없었다. 둘은 줄담배를 피우고 엄청 웃어 댔다. 평소 연약한 피부를 햇볕에 노출시키지 않지만, 그해 여름 그곳에서는 하루에 30분씩 태닝을 했다. 두 사람은 아름다웠다. 그을린 피부색이 두 사람 얼굴에 나 있는 세월의 흔적을 지워 버렸다. 밤만 되면 스무 살이 되어, 밖으로 나갔다. 그러고는 조금 나이 들었지만 보다 매혹적인 모습을 하고, 다음날 아침이 되어서야 돌아왔다.

나는 하루 종일 부엌에 있는 커다란 나무 식탁 앞에 앉아 규칙적이고 신중하게 글을 적어 내려가며 스프링 노트를 까맣게 채웠다. 엄마는 내가 써 놓은 알아보기 힘든 잔글씨를 보더니, 외할아버지께서 마우타우젠에 계실 때 쓰셨던 글씨와 꼭 같다고 하셨다. 나는 첫 페이지만 쓰고 또 쓰며, 겨우 1부를 쓰기 시작했다. 첫 문장부터 여러 번 고쳐 쓰느라 지치고 말았다. 줄 긋고, 삭제하고, 신경질 내는 일을 반복했다. 집게손가락에는 물집까지 잡혔다.

간식 시간이 되자, 요트 타고 놀던 사촌들이 돌아오더니 위대한 작가 나셨다며 놀려 댔다. 와서 배나 만드는 게 어때, 얼굴이 희멀거니 그게 뭐야, 꼭 엉덩이 같잖아, 얼굴에 엉덩이를 달고 있네.

분명 말이 떠올랐다. 전부 다. 형용사부터 부사, 종속절, 관계 대명사, être 동사의 대과거형까지, 그런데도 글은 써지지 않았다. 사촌 녀석들이 신경을 건드렸고, 도저히 집중할 수 없게 만들었다. 어쩌란 말이야! 나는 말도 안 되는 시 한 편을 썼다가 우리 집 작가님이 되어 있었다. 이건 뭐, 개구리 해부라도 하고 고양이를 후벼 파

놓기라도 했으면, 우리 집 의사 선생님이나 우리 집 살인자가 될 판이었다. 여드름 난 사촌 여자아이를 꼬시기라도 했으면, 우리 집 바람둥이가 되었겠지. 그럼 남동생은 우리 집 허당인 건가. 아무도 남동생 이름을 부르는 법이 없었기에, 남동생은 늘 완전한 존재가 아니었다. 그럼 여동생 클레르는 언젠가 우리 집 결혼 실패자가 되는 건가? 타인이 바라는 꿈들이 늘 우리를 몹시 고통스럽게 하는 법이다. 제기랄!

여름휴가 마지막 날 아침, 엄마는 어딘가에서 마지막 밤을 보내고 돌아오는 길에, 부엌에 있는 나를 발견하셨다. 엄마가 내 옆에 와서 앉으셨다. 엄마한테서 사랑과 술, 짠 바다 냄새가 났다. 순간 엄마가 손을 들어 머리카락을 뒤로 넘기셨다. 엄마의 무의식적인 동작에, 내 마음속에 에로틱한 감정이 강렬히 일었다. 나는 깜짝 놀랐다. 엄마는 서른아홉 살이었다. 겨우 서른아홉, 단지 서른아홉. 애들 말로, 뜨거운 사랑을 할 나이. 엄마는 미모가 절정에 이르렀고, 온갖 비법을 동원해 미모를 뽐내셨다. 그 동작은 딱 1초만 이어졌다. 머리카락을 쓸어 넘기시더니, 고개를 숙여 딱 한 페이지짜리 소설이 쓰여 있는 내 노트를 쳐다보셨다. 알아보기 힘들게 쓰인 글씨를 읽어 보려 애쓰셨고, 그런 뒤 믿기 힘든 일이 벌어졌다. 엄마가 양팔을 벌려 나를 꼭 안으시는 게 아닌가. 이제 남자가 된 다 큰 아들을, 아버지보다도 더 큰 아들을. 엄마는 백만 년 만에 누군가를 안아 보듯 나를 꼭 안으셨다. 나는 숨이 막혔다. 정말 행복했다. 엄마는 요 며칠 밤 내내 웃어 대는 바람에 갈라지고, 멘톨 담배에 찌들어 걸걸해진 목소리로 내 귓가에 대고 속삭였다. **엄마는 에두아르 네가 언젠가 글을 쓸 거란 걸 알아, 우리가 겪은 균열과 두려움, 그 모든 것을 다 얘기하겠지, 서로에게 용서를 구하는 말을 네가 꼭 찾아내렴.**

그 말이 끝나자 꽉 조여 오던 품이 느슨해지고, 엄마와 나를 묶어 놓았던 끈이 풀렸다.

'글을 쓰면 아문다고.'

그날 저녁, 덤보가 다시 우리 집으로 돌아왔다. 햇볕에 벌겋게 익었던 증상은 이미 가라앉고, 콧잔등 살갗이 벗겨져 있었다. 양쪽 귀는 왠지 더 커 보였다. 보청기가 무거워서였을까? 엄마는 덤보 옆에 앉아, 영화 〈즐거운 인생〉에 나오는 레아 마사리처럼 줄담배를 피워 댔다. 덤보 얼굴에는 그을린 피부색이 약간 남아 있었지만 두 눈에는 빛이 너울거렸다. 밤새 타오르다가 아침이 되어 꺼져 가는 불길처럼.

진지한 순간이었다. 인생을 선택하는 순간이었으니까.

— 에두아르, 대입자격시험을 통과한 건 잘한 일이야, 하지만 그 것만 가지고 할 수 있는 건 아무것도 없어. 이제 또 제대로 공부를 해야지.

— **네 아빠가 걱정이시다.** 너한테 가게를 물려줄 수는 없으니 말

이다. 나 역시 네 앞길이 고민이 돼. 너는 장차 작가가 돼야 하는데.

  - 무슨 소리, 우리 아버지처럼 법관이 돼야지. 내가 분명히 말하는데, 글 쓰는 일로는 못 먹고 살아. 글을 쓴다고! 베르나르 나르본만 해도 그래, 그 사람이 무슨 책을 썼는지 아무도 기억 못 하잖아. 천 프랑도 못 벌었을걸! 나 참 웃음밖에 안 나오네.

  - 나도 말 좀 할게요!

  - 어쨌거나 실업자 한 명 더 만들고 싶은 생각은 없을 것 아냐?

  - 당신은 늘 내 말을 잘라먹네요. 법관을 하라고요? 아니 그럴 거면 아예 의사를 시키지 그래요? 대입자격시험도 턱걸이로 통과한 녀석한테 도대체 뭘 하라는 거예요! 이것 보세요, 늙은 귀머거리 아저씨, 에두아르가 이번 여름에 훌륭한 소설 한 편을 썼다면 어떡할래요?

  - 뭐 소설?

  - 그래요, 당신 아들이 소설을 썼다고요!

  - 에두아르가 당신더러 그걸 읽어 보라고 했어? 그 소설이라는 걸?

  - 그렇다니까요.

  - 그래서 읽어 보니, 입이 쩍 벌어질 만큼 잘 썼던가?

  - 당신한테 말해 무엇 하겠어, 말을 말아야지.

내가 이 세상에 태어나면서 두 사람은 부모가 되었다. 둘은 뿌듯해했다. 나를 미소 짓게 하고, 어르고 달래고, 쓰다듬었다. 세상에 둘도 없는 자식이라는 생각에, 사진도 수천 장 찍어 댔다. 둘은 밤마다 잠에서 깨 서로 입맞춤하고, 두 사람에게 찾아온 행운에 감사해했다. 두 사람에게 주어진 기쁨은 무한하다고, 이 소중한 순간들이 영원할 거라고 믿었는데 그로부터 18년 뒤, 우리 셋은 그렇게 연노랑 빛 부엌에 모여 앉아 있었다. 두 사람을 하나로 만들었던 존재가 두 사람을 갈라놓고 말았다. 내가 두 사람에게 뜨거운 감자가 되어 있었다. 두 사람은 각방을 쓴 지 이미 오래였고, 한 사람은 난청이 오고, 또 한 사람은 몸에 작은 암세포가 생겼다.

이젠 되돌릴 수 없었다. 덤보는 양손을 귀에 가져가더니 보청기를 빼 버렸고, 엄마는 피다 만 담배에 다시 불을 붙여 끝까지 피우고는 버럭 소리를 질렀다, 젠장! 그렇게 상황이 종료되었다.

― 네 맘대로 해라, 이제 네 인생이잖니.

내가 두 분이 함께 있는 모습을 본 건 그때가 마지막이었다. 아빠는 부엌을 나가셨고, 나는 아빠를 따라 나갔다. 문 앞에서, 아빠가 속삭이셨다.

― 네가 쓴 소설을 읽으면 좋을 것 같구나.

하지만 제가 쓴 소설은 없어요, 아빠. 그럴 만한 능력이 못 돼요. 저는 상처를 치유하는 사람이 아니거든요.

엄마는 계속 부엌에 계셨다. 엄마와 나는 잠시 서로 시선이 오갔지만 아무 말도 하지 않았다. 내가 손을 뻗어, 담배 한 개비를 집어 들었다. 그러자 엄마가 라이터를 켜, 불을 건네셨다. 그때 나는 나의 어린 시절과 이어져 있던 마지막 끈을 완전히 불태워 버렸다.

나는 분홍빛 여동생 방으로 올라갔다. 음악 카세트에서는 일명 쉴라로 알려진 여가수 애니 샹셀의 노래 '오텔 드 라 플라주(Hôtel de la plage)'가 흘러나오고 있었다. 클레르는 가만히 침대에 누워, 마리 클레르 잡지에서 한 남자한테 푹 빠졌다가 결국 배신을 당하고 만 한 여자 이야기가 적힌 부분을 읽고 있었다. 나는 그 옆에 가서 나란히 누웠다. 여동생이 나에게 손을 내밀었고, 나는 담배를 넘겨주었다.

– 어디론가 떠날 사람처럼 왜 이래? 여동생이 물었다.

여동생 방 벽 조 다상*의 포스터가 붙어 있던 자리에, 이제 티에리 레미트**와 존 트라볼타, 알 파치노, 리처드 기어의 포스터가 붙어 있었다. 여동생은 꽤 예뻐장했다. 그때부터 불과 2, 3년 지나서는 학생티를 벗고, 7년이 지났을 땐 어느 날 아침 샴페인을 가지러 가는 백마 탄 왕자님을 만나게 되었다. 그런데 그 길로 왕자님은 영영 돌아오지 않았다.

– 아주 어디로 떠나려고? 난 오빠가 여기 있는 게 좋아. 그래야 우리가 진짜 가족 같잖아.

여동생이 내게 다시 담배를 내밀었다.

– 오빠 자 본 적 있어? 나도 해 보고 싶은데, 좀 겁나.

● 뉴욕 태생의 상송 가수로 1960년에 '샹젤리제' 노래를 불러 유명해짐.
●● 특히 코미디 캐릭터로 유명한 프랑스 영화배우.

내가 슬며시 웃었다.

– 응.

그날 저녁의 여동생 클레르는 내가 만났던 통통하고 수다스러운 영국 여자아이와 나이가 같았다. 두려우면서도 그 자체가 목적이기도 한 욕망을 똑같이 느끼고 있었다. 하루빨리 하얀 발목 양말과 주름치마, 클로딘 칼라가 들어간 복장에서 벗어나고 싶어 안달이 나 있었다. 자기보다 서른 살은 더 많아 보이는 아저씨들의 시선에서 벗어나, 본격적으로 여자들의 커뮤니티에 입성하기에 앞서, 허벅지 사이에 있는 소중한 보석을 하루라도 빨리 현금화하고 싶었던 것이다.

– 좋았어?

– 글쎄…… 응. 응, 좋았어.

그때 조용히 방문이 열리더니, 남동생이 들어왔다. 미키마우스 잠옷을 입은 어른 몸을 한 아이. 곧장 침대 위로 뛰어 오르더니, 한 마리 뱀처럼 기어서 여동생 위를 지나 나한테 와서 바짝 붙었다. 클레르는 웃음이 터져 나오기 일보직전이었다. 그런데 그 순간, 남동생이 날개를 펼치듯 양팔을 벌리더니, 나를 감싸 꼭 끌어안았다. 나는 숨이 막힐 지경이었다. 이어진 침묵 속에서, 남동생이 또렷하고 쩌렁쩌렁 울리는 목소리로 노래를 부르기 시작했다. '어둠이 사라지네, 아름다운 꿈이여 안녕/꿈결 속에서 꽃처럼 입맞춤을 나눴네/너무도 짧은 이 밤/어째서 우리는 행복의 부름에/이리도 빨리 마음

을 닫아 버린 걸까?'*

우리는 그날 셋이서 밤을 보냈다. 덤보, 그리고 사랑에 빠진 여인의 아들딸들끼리. 다음 날 아침 어른으로서의 혼란스러운 삶이 나를 기다리고 있었다.

● 티노 로시가 부른 노래(1939년). 가사: 장 루아젤. 곡: 프레데릭 쇼팽, Op. 10번 중 3번.-원주

2
가족이라는 집

제2장 회계 원리

120-1. – 실현주의, 수익/비용 대응의 원칙, 계속기업의 전제.

120-2. – 일관성, 성실성.

120-3. – 보수주의.

120-4. – 회계 방식의 연속성.

결산 회계 원리 과정 중 겨우 2장에 이르렀을 때, 나는 벌써 물먹은 상태가 되고 말았다.

나는 결국 회계 수업을 들으며, 고작 열여덟 살에 자기 나이에 맞는 꿈을 포기한 불쌍한 녀석들 사이에 뒤섞여 있었다. 그 또래 남학생들이라 하면, 보통 화려한 직업에, 나이아가라 미인 대회에 출전

했다가 모델로 발탁된 린다 에반젤리스타 같은 미모의 여자 친구에, 포르쉐 911 타르가에 혹은 이 모든 것들을 할 만큼 돈이 많고, 주변 친구들한테서 부러움을 사기를 꿈꾼다. 한편 여학생들은 나이아가라 미인대회에 출전했다가 모델로 발탁된 린다 에반젤리스타와 같은 완벽한 몸매와 가슴에, 자기를 보고 침을 줄줄 흘리는 남자들과 그 남자들 중에 점잖고, 돈도 많고, 포르쉐 차 문을 열어 주고, 결혼 얘기도 먼저 꺼내는 남자가 있으면서, 주변 친구들한테서 질투를 사기를 꿈꾼다. 열여덟에 이미 꿈이 무미건조해졌다는 건 앞으로 다가올 인생도 무미건조하다는 것을 뜻했다. 나는 몇 년 전에 유행했던 제라르 르노르망의 노래 가사를 떠올렸다. '흔들리는 눈빛과 우울한 표정들이 또 다시 보였지/내 옆에 앉은 친구들은 수업에 귀 기울였지만/나는 구석에 앉아 나만의 꿈을 꾸었지'*. 나는 가사에 등장하는 우울한 주인공이 바로 나라는 것을 깨달았다.

두 달이 흘렀다. 나는 결국 숫자를 포기했고, 수업 시간에 혼자서 소설을 구성하느라 바빴다. 대형 강의실 안 공기가 매우 차가웠다. 겨울이 다가왔고, 모니크는 여전히 맨 앞줄에 앉아 있었다. 모니크. 콜루슈의 촌극에 '모니크'라는 이름으로 성적 농담을 하는 대사가 나왔기 때문에, 열여덟 살짜리 아리따운 소녀는 자기 이름이 모니크라는 게 썩 탐탁지 않았다.

● 제라르 르노르망 '레 마탱 디베르'. 작사 및 작곡: 리샤르 세프, 다니엘 세프, 1972년.‒ 원주

하지만 10년 뒤 모니크가 이름을 바꾸게 되는 이유는 그것 때문이 아니었다. 우리의 운명이 마음에 들지 않아서, 이름이라도 바꿔마음의 상처를 치유받고 싶었기 때문이었다.

그해 겨울, 부모님께서 이혼하셨다. 남동생은 정신병원에 들어갔고, 엄마와 여동생은 그 뒤로 이어지는 10년 동안 발랑시엔의 텅 빈커다란 집에서 변함없이 머물렀다. 덤보는 이혼한 김에 자기 엄마집에서 나와 새 여자 친구 안느 아나의 집에 들어가 살았다. 그녀는덤보보다 열다섯 살 연하에, 제약회사 영업 사원으로, 매력적이고수다스러운 여자였다. 그녀의 이름에서 연상되는 파인애플**과 매치되는 부분은 금발머리뿐이었다.

나는 릴의 와젬므 거리에 있는 작은 원룸에서 지냈다. 전형적인남학생용 원룸답게, 옵션은 아무것도 달려 있지 않았다. 침대가 의자도 됐다가, 소파도 됐다가, 테이블도 됐다가 했다. ─그래서 접시를 놓고 음식을 먹거나 숙제를 해야 할 때는 그냥 바닥에 앉았다.그런데 내가 늘어놓은 건 숫자가 아니라, 단어였다. 그게 내 운명이었다. 말도 안 되는 감탄에서 시작되고 만 운명 말이다.

그래서 나는 다시 책을 읽기 시작했다. 『보라색 택시』, 『육식하는어린양』, 『오 아름다운 날들』, 『고도를 기다리며』, 가장 근래 공쿠르

●● 프랑스어로 파인애플을 '아나나(ananas)'라고 하는데, 그 발음이 '안느 아나(Anne Hannah)'라는이름과 유사함.

상 수상작인 『어두운 상점들의 거리』. 다른 사람이 써 놓은 표현들이 잠자고 있던 상상력을 깨웠다. 나는 엄마가 사 주신 파카 볼펜을 손에 쥐고 매일같이 밤새 글을 썼다. 미친 듯이, 행복에 겨워. 내 손은 지치지도 않았고, 손가락 끝에 경련이 일지도 않았다. 배고프지도 목마르지도 않았다. 나는 날아가며, 노래를 불렀다. 남동생을 만난 듯했다. 낱말들이 흘러넘쳐 하얀 종이를 까맣게 물들였다. 나는 단 하룻밤 새 스물두 장을 쓰고는 새벽녘에 시뻘게진 눈으로 지쳐 잠이 들었다. 회계 수업 시간에 제3장으로 진도를 나가던 그날, 나는 수업을 빼먹었다. 별 상관없었다. 나는 알에서 깨어나는 중이었으니까.

오후에 느지막이 일어나서는 써 놓은 글을 읽고 또 읽었다. 두 번, 세 번, 열 번. 줄담배도 피웠다. 군데군데 내가 골라 쓴 문장과 단어들을 읽고 뿌듯한 마음에 입가에 미소가 번졌다. 대화가 나오는 부분도, 또 이야기의 반전을 꾀하는 부분도 꽤 마음에 들었다. 나약한 덤보한테서 영감을 얻은 등장인물이나 사랑에 빠진 여인 같은 모양새를 하고 에로틱한 면모를 강렬하게 내뿜는 또 다른 등장인물이 만들어 낸 캐릭터도 내 마음을 흔들었다. 그런데 무언가가 나를 구역질나게 만들었다.

갑자기 담즙을 토했고, 토사물이 맨발에 묻고 말았다. 나는 그대로 침대 위로 쓰러졌다. 잔잔한 글씨들로 빼곡히 들어찬 종잇장들이 짓눌렸다. 무거운 몸무게에 종이가 짓눌려 구겨지는 소리가 꼭 남은 인생 내내 귓가를 떠나지 않을 외침같이 들렸다. 내가 쓴 글이 형편없다고.

아빠, 글을 써도 아물지 않아요. 나를 죽여요.

모니크는 나와 동갑이었다.

그녀는 5년 째 사귀는 남자가 있었다. 그 남자는 800미터 육상 선수(최고 기록은 1분 45초 17)였고, 세계적인 선수가 되기에는 영원히 기록이 3초 모자랄 것 같은 예감을 지울 수가 없어서, 어쩔 수 없이 수영장 타일 까는 법을 가르쳐 주는 직업 교육도 들었다. 두 사람은 서로가 첫사랑이었다. 그녀는 그 남자에게 약속된 여자였고, 그 남자는 그녀가 선택한 남자였다. 둘은 모니크가 시험을 치른 뒤에 결혼하기로 약속했고, 자격증을 따면 모니크는 양아버지가 강사로 있는 테니스 클럽에 경리 보조로 들어갈 생각이었다. 둘만의 인생은 완벽하게 그려진 그림처럼 보였다. 비록 누가 봐도 릴에서 수영장 타일 까는 일로 먹고 사는 것이 썩 괜찮은 직업 같지는 않았지만 말이다.

그림을 한번 그려 보자.

결혼한 그해 아이가 생기고, 바스케알이나 롱솅에 작은 집을 마련하려고 대출을 받고, 푸조 104를 리스하고, 1년 안에 캠핑 휴가를 떠나고, 3년 안에는 바캉스 클럽에도 들고 하다 보면, 일에 관해 가졌던 야심찬 계획들은 어느새 조금씩 뒤로 밀려나고 만다. 결국 현실에 안주하게 되는 것이다. 저녁 마다 33엑스포트 맥주 한 병을 손에 든 채 TV를 켜고, 일기예보가 하기 전에 조용히 트림 한 번 하고, 불알을 살살 긁는 일로 마무리하며 아주 만족해한다……

젊음은 이런 그림에 매력을 느끼지 못한다.

나는 1979년 1월 셋째 주 월요일, 학교 식당에서 둘이 처음 같이 점심을 먹게 되었을 때 모니크에게 말했다. 난 작가가 될 거야, 작가가 '되어야만' 해. 그러자 모니크가 고개를 여러 번 끄덕였다. 그리고 내가 별로 웃긴 말을 하지 않았는데도, 틈만 나면 빙그레 웃었다. 심지어 내가 물을 따라 줄 때는 몸을 떨기까지 했다. 자기는 배가 고프지 않다며, 대구 요리를 살며시 내 쪽으로 밀어 주기도 했다. 그녀가 고개를 끄덕이는 모습에 나는 신이 나서, 이야기를 엄청 늘어놓았다. 감옥살이를, 앗! 기숙학교 생활을 했던 이야기를 들려주었다. 내가 말실수를 하자 모니크가 까르르 웃었다. 그런 다음 영국에서 만났던 여자아이부터 그 뒤로 아무도 모르게 띄엄띄엄 만났던 여자들 얘기도 했다. 시간 가는 줄 모르고 있다가 수업 시간도 넘기고 말았다. 우리가 식당에 맨 마지막까지 남아 있었다. 식당 바닥과 벽면에는 건물 높이의 4분의 3 정도 되는 지점까지 타일이 깔려 있었다. 모니크가 내게 육상 선수 남자친구에 관한 이야기를 털어놓은 건, 그곳에 있으니 물 빠진 수영장에 있는 듯한 이상한 느낌이 들어서였을까? 지금 만나는 사람이 있는데, 확신이 들지 않아.

모니크가 자유를 꿈꾸기 시작한 건, 우리가 수업을 빼먹어서였을까? 양아버지가 안 계셨으면, 경리 공부는 절대 안 했을 거야. 그럼 그것 말고 뭐 하고 싶은데? 내가 물었다. 아무것도 안 하고, 그냥 너 글 쓰는 거나 옆에서 도우면 좋겠다, 모니크가 대답했다.

그 순간 그녀가 한 대답은 시작이자 끝이었다.

우리는 식당에서 나와 헤어졌다. 모니크는 '복식 부기 원리'를 배우는 다음 수업 시간에 맞춰 들어가기 위해 얼른 달려갔고, 나는 원룸으로 돌아왔다. 침대에 누운 채로 뒹굴며 줄담배를 피웠더니, 매캐한 연기 때문에 금세 눈이 따끔따끔했다. 모니크와 자는 상상을 했다. 모니크는 엉덩이가 컸다. 하지만 그게 전부였다. 나는 그 다음 날 수업에도 가지 않았다. 모니크와 마주칠까 봐, 복잡한 일에 엮이는 게 두려워서. 대신 영화관에 갔다. 마이클 치미노 감독의 〈디어 헌터〉가 상영 중이었다. 등장인물 닉(크리스토퍼 월켄)이 보여 준 영혼 없는 표정을 떠올리면 지금도 전율에 휩싸인다. 더 이상 사랑조차 날 구원하지 못하는 지경에 이르렀단 생각이 들었다. 그 순간, 나는 정신병원에 있는 남동생 얼굴이 떠올랐다.

영화관에서 나오는 길에 가게에 들러 휴대용 턴테이블과 건전지 여러 개, 티노 로시와 루이 마리아노, 레 콩파뇽 드 라 상송의 45회전 LP 앨범을 있는 대로 전부 샀다. 가게 주인한테 선물 포장을 해 달라고 하면서, 그것을 남동생한테 부쳐 달라는 부탁도 했다. 그러자 가게 주인이 펄쩍 뛰었다, 누굴 우체부로 아시나. 그러나 계산대 위에 100프랑을 올려놓았더니, 그는 단번에 직업을 바꿨다.

나는 밤이 되어서야, 옆구리에 과자 봉지와 맥주 팩을 끼고 집으로 돌아왔다. 그런데 모니크가 계단에 앉아 있었다. 그녀가 날 보고 웃어 보였다. 그녀의 앙다문 입술 사이로 입김이 새어 나왔다. 내가 문을 열고 우리 둘은 안으로 들어갔고, 그녀가 나한테 키스를 했다. 그녀의 혀가 내 입 안 깊숙이 들어왔다. 가볍고 부드러운 혀의 움직임이 꼭 작은 나비가 팔랑거리는 듯했다. 모니크가 나를 더 꼭 껴안는 바람에 둘이 맞대고 있는 가슴 사이에서 과자 봉지가 짓눌려 으스러졌고, 우리는 계속 키스를 나누며 웃음을 터뜨렸다.

– 나 그 남자랑 헤어졌어, 모니크가 말했다.

서로 사랑한다는 건 언제 아는 걸까? 저녁 아니면 아침? 아직 시간이 있을 때, 아니면 이미 너무 늦어 버렸을 때?

나는 모니크를 사랑하지 않는다는 걸 금세 알아차렸다. 철학 수업 시간에 사르트르를 읽었는데, **그는 사랑한다는 건 무엇보다 사랑받고 싶다는 것이라고 했다.** 지드도 읽었다. 그는 사랑받고 싶지 않고, 더 사랑받고 싶다고 했다. 사랑받는 거나, 더 사랑받는 거나, 결국 같은 얘기 아닌가. 비겁하긴 매한가지다. **우리는 누구나 타인이 자신에게 가지는 욕망을 즐긴다. 사랑을 즐기는 것이 아니라, 타인의 욕망에 관한 욕망을 즐기는 것이다.** 그런데 결국, 우리의 비겁함이 기세를 펼치고 만다. 망할 놈의 유전된 성격이 다시 고개를 들고 말았다.

　나는 모니크를 안고 있던 팔을 살며시 풀었다. 그러자 모니크의 숨소리가 한결 차분해졌다. 그녀는 손으로 머리를 쓸어 넘기며, 우아하게 고갯짓을 해 보였다. 모니크는 곧바로 내 눈을 바라보지 않고, 그제야 처음으로 주변을 둘러보았다. 옵션 하나 달려 있지 않은 방에, 부서진 침대, 바닥에 널브러진 책과 맥주까지, 이제 막 철부지 10대에서 벗어나 남자로 태어난 인간의 전형적인 모습을 보여 주는 집이었다. 모니크는 이미 그 물건들이 자기 것인 양 바라보았다. 모든 게 단 2초 만에 결정되었고, 나는 무슨 말을 해야 할지 몰랐다.

　모니크가 다시 내 눈을 바라보았다. 미소를 지어 보이며, 내 뺨을 어루만졌다. 에두아르 고마워, 행복해, 고마워, 내일 봐. 그러고는 그녀가 떠났다.

　휴대용 턴테이블이 문제를 일으켰다.

　남동생과 같은 병실을 쓰는 사람들의 신경을 긁는가 하면, 아이들은 레 콩파뇽 드 라 샹송의 보컬인 프레드 멜라의 목소리를 흉내 내느라 고래고래 소리를 질러 댔다. 게다가 간호사들이 가까이 다가올 때면, 남동생은 전보다 더 크게 고함을 질렀다.

　그래서 우리는 남동생에게 워크맨을 가져다주었다. 조용히 음악을 들을 수 있게 해 주는 새로 나온 특별한 오디오 장비라고, 파는 사람이 설명해 주었다. 그리고 우리 앞에서 직접 시연을 해 보였다.

클레르는 깜짝 놀라며 아기 염소처럼 폴짝폴짝 뛰었다. 반면 엄마는 두 눈을 감고 그저 고개만 끄덕였다. 우리는 카세트테이프도 몇 개 샀다. 프란시스 카브렐의 '무너질 것 같은'과 가게 주인이 강력 추천한 제라르 망세의 '시암 왕국', 그 가게에 딱 하나 남아 있던 티노 로시의 '크리스마스를 노래해'. 우리는 남동생을 만나기 전에 '만약 네가 리우로 간다면'을 들었다.

남동생은 우리를 보자마자, 양 날개를 쭉 펼쳤다. 마치 우리가 있는 곳까지 날아오는 것만 같았다. 때는 겨울이었다. 공원에는 초록색 풀을 찾아볼 수가 없었고, 어린 아이들은 어깨에 담요를 덮고 있으면서도 몸을 벌벌 떨며 가만히 서 있었다. 그 모습이 꼭 아주 작은 눈사람 같았다. 남동생은 우리 셋을 한꺼번에 안으려고 애썼다. 남동생은 웃으며 노래를 불렀고, 엄마는 눈물을 흘렸다. 엄마는 무릎을 꿇고 앉아, 품에 막내아들을 꼭 안고 중얼거렸다, 우리 아기, 우리 아기, 예쁜 아기. 그러자 남동생은 깃털 같은 손가락으로 엄마 뺨에 흐르는 눈물을 닦더니, 손가락을 입으로 가져가, 눈물을 꿀꺽 삼켰다. 옆에 있던 클레르가 속삭였다.

– **엄마를 가슴에 담는구나.**

나는 주머니에서 조용히 워크맨을 꺼내 헤드폰을 끼워, 남동생 코앞에 내밀었다. 그러자 남동생은 흠칫 뒤로 물러났다. 내가 헤드폰을 내 귀에 갖다 댔더니, 그 모습을 보고 남동생이 웃음을 터뜨렸다. 음악이 귀로 흘러들어 가, 머릿속에서 노래를 부르는 거야, 너도 해 봐. 이번엔 남동생이 내가 했던 대로 머리에 헤드폰을 썼다. 카브렐의 노래가 남동생 귀로 흘러들어 갔다. 그 순간 남동생은 온몸에 긴장을 풀고, 날개를 접고, 휴대용 턴테이블 한쪽을 꼭 붙들고 있던 발톱에 조금씩 힘을 뺐다. 햇빛을 받고 서서히 피는 꽃잎이 떠올랐다. 그러고는 몸을 일으켜 달리고, 달리고, 또 달리기 시작했다. 그의 입은 노래를 부르고 있었지만, 아무런 소리도 들리지 않았다. 음악을 자기 안에 간직했다. 멜로디도, 가사도, 행복도. 그날 남동생은 침묵을 지켰고, 그 뒤로 우리는 절대 남동생이 부르는 또렷한 노랫소리와 마음을 사로잡는 단조로운 멜로디를 듣지 못했다. 더 이상 천사의 목소리를 들을 수 없었다. 내가 휴대용 턴테이블을 껐고, 프레드 멜라의 목소리는 더 이상 들리지 않았다. 그렇게 침묵이 내려앉았다.

차를 타고 돌아오는 길에, 엄마는 엄청 속도를 냈다. 가운데 차로로 우리와 동시에 들어선 오토바이와 거의 정면으로 들이받을 뻔했다. 엄마는 급하게 핸들을 틀어 급브레이크를 밟아, 차를 갓길에 세웠다. 엄마는 몸을 떨었다. 온몸에 흐르는 피를 모두 쏟아 낸 사람처럼 보였다. 클레르는 겁에 질렸다. 엄마, 괜찮아요? 화물 트럭들이 옆으로 지나갈 때마다 세워 놓은 차가 흔들렸다. 그러다가 빗줄기가 거세지고 날이 어두워지자, 엄마가 입을 열었다. 아무래도 다시 돌아가야겠어, 그 녀석을 거기 남겨 놓을 수가 없어, 도저히 못 하겠어. 엄마는 시동을 걸었다. 엔진이 잠시 덜덜거리더니 이내 시동이 걸렸다. 서둘러 1단 기어를 넣으려는 순간, 엄마가 핸들 위로 풀썩 쓰러지고 말았다. 클레르가 울부짖었고, 나는 엄마 몸을 들어 등받이에 기대게 한 뒤 볼을 꼬집었다. 엄마는 약하게 숨을 쉬고 있었다. 여전히 뜨고 있는 두 눈에는 눈물이 맺혀 있었다. 엄마는 멀쩡히 살아 있는 아들과 헤어져야 했고, 결코 그 슬픔에서 헤어 나오지 못할 것만 같았다. 어떤 말로도 위로가 되지 않을 테니까. 대대로 내려오는 온갖 두려움들이 그곳에 있었고, 그 두려움이 엄마를 망가뜨렸다. 강한 여인이자, 루아얄 멘톨 애연가이자, '소금통, 접시, 컵, 물병, 오븐 그릇'과 같은 말들을 부숴 버리는 사람이자, 사랑에 빠진 매력적인 여인이자, 버려지고 구속되지 않은 엄마를 말이다. 나는 쓰러진 엄마를 조수석 자리로 옮기고, 운전대를 잡았다. 클레르는 그러지 말라고 했다. 그때만 해도 아직 운전면허증이 없을 때였으니까. 하지만 나는 시동을 걸어, 강철로 된 괴물과 폭우, 어둠이 내려앉은 밤과 과감히 맞섰다. 우리 모두 살아서 집으로 되돌아가야만 했으니까.

예전에는 다섯이었던 노란 부엌에, 이제는 셋뿐이었다. 클레르는 예전에 온 식구가 함께 했던 식사와 웃긴 시, 산산조각 난 말들, 하루는 실수로 설탕을 뿌려 도저히 먹을 수 없는 맛이었던 감자튀김, 남동생이 발음했던 단어들, 쌍뿔 모자 같은 입술에 여자아이 같은 기다란 속눈썹을 하고 있었던, 남동생이 아기였을 때의 모습을 기억했다. 남동생이 양손에 빨갛게 피를 묻힌 채 장미꽃을 가져왔던 그날도. 언젠가는 다시 와서 우리랑 함께 살게 될까요? 클레르가 물었다. 그러자 엄마가 고개를 숙였다. 글쎄, 어렵지 않겠니. 어째서 우리는 다른 사람들처럼 가족을 이루지 못하는 거예요? 아빠랑 작은 오빠는 왜 떠난 거예요? 두 사람은 떠난 게 아니라, **그들 스스로 자기 안에 숨은 거란다.** 숨을 거면, 차라리 우리 집에 숨으면 좋잖아요, 클레르가 눈물을 흘리며 말했다, 두 사람 찾으러 가요, 데리러 가자고요. 그러자 엄마가 클레르에게 물으셨다, 작은오빠가 무서울 때마다 했던 말 기억하니? 클레르가 훌쩍이며 대답했다, '음, 음'이요. 그래, 넌 그 말이 녀석이 무섭다고, 두렵다고 하는 말인 줄 알았겠지만, 그게 아니야. '마음, 마음'이라고 얘기했던 거야. 무서울 때마다 그 녀석이 숨고 싶은 곳이 바로 그곳이었으니까.

마음속.

– 숫자로 책을 쓰진 않을 거 아냐.

모니크는 나더러 계속 회계 수업을 그만 들으라고 했다. 내가 옆에서 도와줄게, 일은 내가 할게, 경리 일도 보고, 점원도 하고, 볼 걸도 하고, 뭐든지 할게, 넌 소설만 써, 제대로 한번 써 보라고.

아, 마음을 사로잡는 교활한 말들. 사랑의 말.

결국 나는 학부를 그만두고, 모니크가 작고 아담한 집으로 새롭게 인테리어를 꾸며 놓은, 와젬므 거리의 원룸으로 돌아왔다. 침대 위엔 쿠션이 놓여 있고, 창문에는 잘 어울리는 커튼을 달아 놓았다.

로라 애슐리 천이야, 모니크가 뿌듯한 미소를 지으며 말했다, 정말 예쁘지. 그리고 가구 시장에서 초등학생용 책상도 하나 구해 갖다 놓았다. 책상 밑으로 다리를 집어넣기도 힘들 만큼 크기가 작았다. 모니크는 그 책상을 보고 초보 작가용 책상이라 불렀고, 나는 바보처럼 웃었다.

벽에는 데이비드 해밀턴 포스터를 몇 장 붙여 놓았다. 모니크는 패티 다밴빌과 베르나르 지로도가 출연한 그의 첫 영화 〈빌리티스〉를 재미있게 봤다고 했다. 그래서 내가 캣 스티븐스가 패티 다밴빌을 위해 쓴 노래 얘기를 꺼냈다. '나의 여인 다밴빌/왜 여태 자고 있나요?/내일 당신을 깨울게요/나를 채워 줘요/그래요 나를 채워 줘요'. 하지만 모니크는 그 노래를 몰랐다.

나는 초보 작가용 책상에 앉았다. 모니크가 책상 위에 펜 여섯 자루와 공책 세 권, 봉투 하나를 올려 두었다. 봉투 안에는 모니크의 사진이 들어 있었고, 사진 뒷면에는 헌사가 적혀 있었다. 난 너의 재능을 믿어, 잘 해 봐, 사랑해. 나는 마침내 공책을 펼치고, 볼펜 뚜껑을 열었다.

드디어 시작했다.

아미앵에서 기숙학교 생활을 할 때 벌어졌던 일이 갑자기 떠올랐다. 키다리 녀석이 복면을 쓰고 나타나 사감 신부를 향해 총을 쏘았다. 총알은 사감 신부의 머리를 관통해, 벽면에 온통 뇌척수액이 튀었고, 그런 뒤 살인자는 교무실을 조용히 빠져나왔다. 그 순간 학생들은 소리를 지르며 교실 밖으로 뛰쳐나왔다. 그는 그 뒤로 여섯 발을 더 쏘았다. 다섯 명이 총을 맞고 쓰러졌고, 바닥에 피가 철철 흘러, 지나가던 학생들이 줄줄이 미끄러졌다. 피를 흘리며 쓰러져 있는 시체 위로 미끄러진 학생들도 있었다. 체육 수업을 마치고 교실로 돌아가려는데, 살인자가 밖으로 나왔다. 그는 총을 쏘지 않고 먼저 총구를 겨누기부터 했고, 모여 있던 학생들이 뿔뿔이 흩어졌다.

사이렌 소리가 커져 오자, 수학 선생님이 범인의 발을 걸어 넘어뜨리려 했지만 실패하고 말았다. 경찰차가 학교 정문 앞에 급정거하는 순간, 또 다시 총소리가 들려왔다. 너무 늦고 말았다. 럭비맨이 머리에 총을 맞고 피를 철철 흘리며 쓰러져 있었다. 다른 경찰들이 일제히 발포 자세를 취하고, 범인한테 무기를 내려놓으라고 명령했다. 그 순간 범인이 복면을 벗었다. 위층에 있던 교장 신부님이 범인을 알아봤다. 그는 창문을 열어, 범인의 이름을 소리쳐 부르며, 제발 항복하라고, 무기를 내려놓고 영혼을 구하라고 간청했다. 교장 신부님은 이 세상에서 용서받지 못할 일은 없다고, 범인 역시 세상 사람 모두와 마찬가지로 하느님의 아들이라고 말했다.

그러자 엄마의 묘사대로라면 생김새가 꼭 살인자 같던 몽카생은 자기 할아버지가 가지고 있던 장탄수 여덟 발에 구경 7.65밀리미터짜리 PA 35 S 권총을 경찰대를 향해 조준하고 앞으로 성큼성큼 걸어갔다. 그의 입은 콧수염 아래에서 빙긋이 웃고 있었다. 서른

일곱 발이 그를 멈춰 세웠다.

나는 〈노르 마탱〉*을 초보 작가용 책상 위에 올려놓았다. 몸이 바들바들 떨렸고, 체육실 세면대 석고 타일에 썼던 두 마디 말이 떠올랐다, '몽카생은 멧돼지'.

나는 덤보한테 전화를 걸어, 그 어마어마한 사건을 들려주었다. 네가 아는 사람 중에 살인자도 있었구나! 네, 하마터면 친구가 될 뻔했던 사이죠. 어휴, 끔찍해라. 안느 아나가 덤보 옆에 있으면서, 수화기에 귀를 가까이 대고, 덤보가 듣지 못한 말들을 다시 설명해 주었다. 그녀는 덤보에게 내가 한 질문을 다시 말해 주었다, **아빠, 사람이 자기 인생을 선택하는 건가요 아니면 인생은 운명처럼 정해져 있는 건가요?** 대답해 주세요, 아주 중요한 문제예요. 잠깐 침묵이 흐르더니, 이내 안느 아나의 목소리가 들려왔다. 인생은 운명처럼 정해져 있는 거라고 하시는구나. 그러니까 그 운명에 맞서 싸워야 하는 거라고. 이겨야 한다고. 에두아르, 네 아버지가 멀리 가시면서, 눈물을 살짝 보이시는구나, 잠깐 기다려 봐, 손짓으로 무슨 말씀을 하시네. 수화기를 옆에 내려놓는 소리가 들렸고, 잠시 뒤 전화기 너머로 다시 그녀 목소리가 들렸다. 네가 쓴 소설을 자기한테 보내줄 수 있냐고 물으셔.

덤보는 내가 아직 쓰지도 않은 소설을 애타게 기다렸다. 내가 마

● 지역 일간지.

침표를 찍기를 바랐다. 누구라도 꼭 마무리를 짓고, 지긋지긋하게 이어지는 일들의 운명을 끊어 주길 바랐다. 혼자만 고통받기 싫어 서로가 서로에게 퍼뜨리는 진절머리 나는 고통들.

모니크는 저녁만 되면 매일같이 들렀다. 오자마자 내 공책을 잽싸게 낚아채 들고는 '너무 예쁜' 로라 애슐리 쿠션을 등에 받치고 침대에 편안히 자리 잡고 앉아 읽기 시작했다. 나는 그녀를 그저 바라보기만 할뿐, 아무 말도 못했다. 그녀가 말했었다, 네가 소설을 완성하기 전까진 아무 말도 하지 않을 거야, 한마디도.

몽카생이 저지른 일에 영감을 받아 몽테귀를 배경으로 열네 살짜리 남자 고아가 주인공으로 등장하는 이야기를 구상했다. 때는 제2차 세계대전이 터지기 직전. 고아인 주인공은 몸은 건장한 남자이지만, 마음은 아직 어린 아이이다. 주인공은 언젠가 엄마가 자신을 다시 찾아오기를 계속 기다린다. 그리고 날개를 단 내 남동생처럼, 노랫소리가 마음에 와 닿길 바라며 때때로 노래를 부르지만 노랫소리는 늘 바람 소리에 묻히고 만다. 교실에서는 친구들이 어리석다며 주인공을 놀려 대고, 교실 밖에서는 여자아이들이 뒤에서 낄낄거린다. 불량한 남학생들은 주인공을 자기들 무리에 끼워 넣으려고 호시탐탐 기회를 엿본다. 주인공은 꼭 레니 스몰●● 같다. 마침내 전쟁이 터지고, 지원병을 모집한다. 주인공은 지원병으로 입대하고,

●● 미국 작가 존 스타인벡이 1937년에 쓴 작품 『생쥐와 인간』에 등장하는 인물로, 덩치만 크고 생각은 어리석은 인물이다.

구경 7.65밀리미터짜리 PA 35 S 권총이 그의 손에 들어온다. 불행의 씨앗이 시작된 것이다.

롤랑 바르트가 『밝은 방』을, 르 클레지오가 『사막』을, 르네 팔레가 『양배추 스프』를 출간한 때, 나도 소설을 마무리 지었다.

나는 지칠 대로 지쳐 녹초가 됐다. 담배를 하도 피워 대는 바람에 기침이 심했고, 기침을 할 때마다 유리 조각이 폐를 찌르는 느낌이 들었다. 추하기 그지없었다. 모니크는 기뻐 날뛰었다, 해낼 줄 알았어, 해낼 줄 알았다니까, 훌륭해, 정말 멋진 소설이야, 정말 자랑스러워, 세상에!

모니크가 나를 끌어안고, 내게 입술을 맞추며, 손으로 내 성기를 더듬었다. 헌사에 내 이름 제일 먼저 쓸 거지? 내 이름이 제일 먼저야, 날 위해 쓴 책이잖아. 모니크는 내 성기를 애무하기 시작했다. 나, 배우가 되고 싶어, 떠날 거야. 그녀의 입술이 내 귀두 위로 포개졌다. 넌 날 위해 글을 쓰는 거지, 아서 밀러가 마릴린 먼로를 위해 했던 것처럼 말야, 지금 하고 있는 거, 여태 한 번도 해 본 적 없어, 네가 처음이야, 처음이라고. 나는 사정을 했고, 모니크는 그대로 삼켰다.

아, 작가들의 축복이여.

우리는 투케에서 며칠을 지냈다.

모니크는 정오의 뜨거운 햇빛에 노출되면 피부암에 걸린다며 일찍 해변으로 나섰고, 그동안 나는 아파트의 작은 발코니에 앉아 점심때까지 공책에 쓴 소설을 타자기로 옮겨 썼다. 하루는 정오쯤 해서 모니크가 있는 곳으로 나서려는데, 엄마 또래로 보이는 한 여인이 내 앞에 다가섰다. 우리가 머무르는 아파트 맞은편 건물에 사는 사람이었다. 책을 쓰나 보죠? 나는 얼굴을 붉혔다. 그녀는 미소 띤 얼굴로 내 대답을 기다렸다. 아니면 타이핑 연습을 하던 중이었나? 나는 계속 입을 꾹 다물고 있었다. 그것도 아니면 여자 친구는 해변으로 나가 있는 동안 혼자만의 시간이 필요했던 건가? 내 얼굴은 순간 홍당무가 되고, 입은 바짝 말랐다. 이번에는 그녀가 웃어 보였다. 그녀의 치아는 아주 희고 조그마했다. 웃을 때 드러난 선홍빛 잇몸을 보는 순간 나도 모르게 흥분되었다. '관능적인' 선홍빛이었다. 그녀는 마치 섹시하게 다리를 꼬듯 서서히 입술을 다물었다. 아직 어리군, 두고 봐요, 언젠가 당신이 쓴 책 속에 내가 등장할 테니까, 미련의 대상으로 말이지.

그녀가 멀어졌고, 나는 그제야 깨달았다. 하지만 이미 때는 늦은 뒤였다. 여자는 서투른 건 용서할 수 있어도 기회를 흘려보내는 건 절대 용서하지 못하는 법이니까.

7월 말에는 엄마와 클레르도 우리가 있는 곳으로 왔다. 두 사람은 모니크를 보자마자 마음에 들어 했다. 모니크는 모든 일을 도맡아 했다. 식사도 준비하고, 하루 일정과 외출 계획도 일일이 세웠다. 클레르는 금세 모니크를 큰언니처럼 대했다. 두 사람은 밤늦도록 수다를 떨며 웃음꽃을 피웠다. 둘은 아름다웠다. 한 명은 금발, 다른 한 명은 갈색 머리를 한 모습에, '투케의 여인들'이라는 말이 자연스레 떠올랐다.

나는 난생처음 엄마와 함께 있는 시간을 누리며 지난 날 엄마 없이 흘려보낸 시간들을 되돌려 보려 했다.

얘기해 보세요.

나나 무스쿠리를 좋아한다고, 그중에서도 특히 '북치는 소년'을 좋아한다고, 미레이유 마티유*를 싫어한다고 하셨다. 4년 전에 영화 〈추상〉을 보며 울었던 이야기를 하며, 로만 폴란스키는 비열한 인간 같다고 하셨다. 나는 엄마가 미식가라는 걸 알고, 샤 블루에서 초콜릿 1킬로그램을 사다 드렸다. 엄마는 마틴 그레이가 쓴 『내 모든 것을 대신해』라는 책을 두 번이나 읽었다고 하시며, 꼭 자신의 인생을 새로 시작해 보고 싶다고 하셨다. 결국 엄마는 그해 9월 릴에서 신학 수업도 듣고, 그곳에서 엄마 마음을 흔들어 놓은 다리가 하나뿐인 남자도 만나게 되었다. 그러고는 모래사장 위를 걸으며 말씀하셨다, 골똘히 고민한 끝에 깨달은 바가 있지, 신의 존재가 얼마나 중요한지, 그 모든 것 ─ 엄마는 손가락 끝으로 수평선을 가리켰다 ─, 영혼의 존재가 얼마나 중요한지 말야, 답을 알 것 같기도 해. 무슨 답이요? 네 남동생과 네 아빠 말이다, 어째서 모두들 그렇게 날 떠나는지.

● '사랑의 신조'로 데뷔해 선풍적 인기를 끈 프랑스 여가수.

아빠랑 행복하셨어요?

엄마는 이번에도 내가 이미 알고 있던 대로 말씀하셨다. 두 사람은 서로 '정말로' 사랑했다고. 네 아빠가 미남이라, 여자들 여럿이 네 아빠를 쫓아다녔지, 그런데 네 아빠가 날 선택했단다, 이유는 잘 모르겠다만, 네 아빠가 처음으로 함께 춤추겠냐고 하는 순간 심장이 멎는 줄 알았지, 팬티에 오줌을 지릴 뻔 했다니까. 그런데 어쩌다가? 엄마는 담배 한 개비를 새로 꺼내 불을 붙이셨다. 네 아빠가 알제리에서 돌아왔을 땐, 이미 모든 행복을 빼앗긴 뒤였어. 우리는 잠시 아무 말 없이 걸었다. 엄마는 서서히 갈라지는 듯한 목소리로 이야기를 이어갔다. 스물네 살 젊은 나이에 어느 소금 호숫가에서 자기 또래의 한 남자를 죽이고 말았어.

덤보는 MAS-36 소총을 표적을 향해 겨누고 방아쇠를 당겼고, 손가락이 마비된 듯 꼼짝 않는 사이, 그대로 실탄 다섯 발이 날아가 무고한 원주민의 머리를 관통했던 것이다.

아빠는 반쯤 미쳐서 프랑스로 복귀해, 낭시에 있는 군병원에서 몇 달을 지낸 뒤 집으로 다시 돌아왔다. 아빠가 전쟁에서 돌아오자, 할아버지께서는 아빠에게 부랴부랴 가게 점장 자리를 한 자리 만들어 주셨고, 할머니께서는 혹시라도 약혼자한테 아빠의 상태를 들켜 파혼이라도 당할까 봐 결혼을 서두르셨다.

엄마는 담배 한 개비에 또 다시 불을 붙이며 말씀하셨다, 맹세코 나는 네 아빠를 사랑했어, 하지만 네 아빠는 더 이상 누군가를 사랑할 수 없는 사람이 되고 말았지.

어쩌면 네 남동생한테 그때 호숫가에서 죽은 남자의 망령이 붙은 건지도 모르지. 우리의 업보.

그 순간 바람이 일었다. 공기 중에 떠다니는 염분에 눈이 따끔거렸다. 하얀 눈물이 내 뺨을 타고 흘러내리며, 덤보의 고통을 씻어냈다.

나는 우리의 잃어버린 꿈과 아직도 매듭짓지 못한 채 풀려 있는 일들이 한탄스러웠다. 엄마가 내게 팔짱을 끼셨고, 나는 엄마 어깨에 슬며시 고개를 기댔다.

우리는 그렇게 아파트까지 걸어갔다. 앞 건물에 사는 여인과 마주쳤다. 자기 또래의 여인과 팔짱을 끼고 걸어오는 나를 본 여인은 미소를 지어 보였고, 나도 미소로 대답했다. 황홀한 순간이었다.

모니크와 나는 함께 지내기로 했다. 진짜 연인보다는 룸메이트에 가까운 개념이었다. 모니크는 날 사랑한다고 말했지만, 나는 아무런 말도, 아무런 약속도 하지 않았다.

우리 둘은 바르텔레미 거리에 있는 큰 빌라 1층에 집을 구했다. 부엌 딸린 큰 방 하나와 작은 방 두 개—두 개 다 모니크 차지였다—, 정원이 있는 집이었다.

모니크가 짐 정리를 끝내고 나니, 마치 로라 애슐리 매장의 쇼룸에 와 있는 기분이 들었다.

영화 〈빌리티스〉 포스터 옆에 이제는 데이비드 해밀턴 감독의 최신작 〈슬픈 로라〉 포스터까지 나란히 놓였다. 포스터에는 잊지 못할 두 배우 제임스 미첼과 모드 애덤스의 모습이 담겨 있었다. 모니크의 어머니가 보내 준 나폴레옹 3세 앤티크 선반 두 개도 한쪽에 자리를 잡았다. 내 물건은 증조할머니께서 물려주신 아슬아슬하게 금이 간 수프 접시 열두 개가 전부였다. 하지만 그마저도 모니크가 상자에 한데 담아 지하 창고에 당장 내려다 놓기 바빴고, 그 뒤로 그 접시들은 구경도 못했다.

덤보 말이 맞았다. 스스로 운명의 결정권을 쥐지 못하면, 공은 인생의 손에 넘어간다.

그날 파리에서 되돌아오는 기차 안에서 나는 분을 삭이지 못했다. 마티외 갈레를 만나고 오는 길이었다. 문학 비평가이자 작가, 무엇보다 그라세 출판사에서 원고 심사위원으로 활동하고 있는 사람이었다. 그 사람이 지내고 있는 피갈의 아주 아담하고 매력적인 집에서 만났다. 우리 둘은 한 시간 남짓 내 책에 관해 이야기를 나누었다. 무한한 가능성이 엿보인다, 장래가 유망하다는 말부터 창의적이고 문체가 어떻고 문장의 힘이 어떻고 하며, 그의 입에서 듣기 좋은 말들이 흘러나왔다. 하지만 촌철같이 무시무시한 말들도 내뱉었다. 글이 오락가락한다는 얘기부터 앞뒤가 없다, 개연성이 떨어진다, 성급하다는 얘기까지 나왔다. 한 시간 전 그의 집에 들어설 때만 해도 산뜻하고 노란 버터 빛깔 표지에 또렷이 박힌 내 이름과 짙은 녹색으로 쓰인 책 제목, 마지막으로 책 하단에 박힌 출판사명까지 상상했었다. 한 시간 전 그의 집에 들어설 때만 해도 나는 랭보이자 라디게였고, 사강이었다. 스무 살 천재 작가의 계보에 한 걸음 한 걸음 다가가, 『신랄한 비타민』이라는 작품의 저자에게서 신성한 힘을 받을 참이었다……. 하지만 나는 끝내 아무런 힘도 받지 못했다. 마티외 갈레는 나를 현관 앞 계단까지 친히 배웅했다. 우호적인 악수까지 건넸다. 단단히 힘을 실으면서도 부드럽게 악수했고, 매력적인 미소와 함께 소름끼치는 말을 마지막으로 건넸다. 원고를 좀 더 차분하게 고쳐 쓴 뒤에 나한테 바로 보내 주겠어요? 나는 더듬거리며 겨우 감사 인사를 내뱉고는 블랑쉬 역까지 냅다 뛰었다. 길거리에 지나가는 사람들을 마구 밀치며 그저 앞만 보고 성큼성큼 뛰어 쿠스투 거리를 가로질렀다. 하마터면 소형 트럭에 치일 뻔했다.

나는 차가운 바람이 부는 파리 북역에 한참을 멍하니 있었다. 집으로 돌아가고 싶지 않은 마음에 기차 세 대를 그냥 보냈다. 잠시 현실 도피를 상상했다. 조르주 심농의 소설에 등장하는 몽드 씨가 그러했듯. 바보 같은 시를 썼던 그때와는 다른 유년 시절과 새로운 이름을 꿈꿨다. 출발 플랫폼에 서서 전광판을 바라보았다. 칼레, 알베르, 랑스. 현실 도피를 할 만한 종착지가 아니었다. 그저 비가 많이 내리는 우울한 기운이 감도는 곳들이었다. 후텁지근하고 거친

마르세유가 아니었다. 몽드 씨가 올라탄 마지막 기차가 아니었다. 절대 모니크와 마주하고 싶지 않았다. 그녀가 열 올리는 모습을 보고 싶지 않았다. 어쩌면 무시하는 눈빛으로 날 바라볼 지도 모를 일이었다. 내가 지극히 평범한 인간이라는 것을 깨닫고, 문학에 대한 그녀의 열정이 싹 식어 버리겠지. 그 열정이 바로 내가 글을 쓰는 원동력이기도 한데 말이다.

한 거지가 내게 질 낮은 포도주 한 모금을 권했다.

잠시 뒤에는 발갛게 충혈된 눈을 한 젊은 여자가 다가오더니 담배가 있느냐고 했다. 나는 가지고 있던 담뱃갑을 건넸다. 그녀는 딱 한 개비만 남아 있는 것을 보더니 내게 되돌려 주었다. 마지막 한 대잖아요, 그걸 가져갈 순 없죠. 시간이 흘렀다. 갑자기 너무 추운 나머지 실수를 저지르고 말았다. 릴로 가는 마지막 기차에 올라타 버렸다.

두 번째 실수를 저질렀다. 마티외 갈레의 충고를 따르지 않았다.

모니크가 이미 집에 클레르와 엄마를 초대해 놓고 있었다. 셋이서 파티 음식을 준비하고, 여동생은 '우리의 최고 작가님을 환영합니다'라고 적힌 작은 플래카드까지 만들어 놓았다. 게다가 모니크는 음악까지 틀어 놓았다. 이브 시몽의 노래를 좋아하는 모니크는 〈박하향 소다수〉의 주제곡을 틀었다.

내가 집으로 들어서자, 모니크는 나를 와락 감싸 안으며 몰래 입맞춤을 하더니 속삭였다. 나 너무 뿌듯해. 그러고는 팔짱을 끼고 몸을 돌려 엄마와 여동생 앞에 서게 했다. 순간 내가 모니크의 트로피가 된 듯한 기분이 들었다. 엄마는 입술에 담배를 물고 계셨다. 족히 2센티미터는 돼 보이는 담뱃재를 털지 않은 채. 엄마는 아름다웠다. (빨강머리의) 제나 로우랜즈가 미소 짓고 있었다. 모니크가 우리한테 소식을 전하더구나, 엄마가 말씀하셨다. 너희 두 사람이 함께 쓴 책이 나온다니 그저 기뻐. 모니크 말로는 모니크가 옆에서 많이 도와줬다고, 너한테서 글이 나올 수 있게 끄집어 내줬다고 하더구나, 모니크 같은 여자 친구는 업고 다녀도 모자라겠어. 그 순간 담뱃재가 엄마 무릎 위로 툭 떨어지는 바람에 나는 깜짝 놀랐다. 이번 책에 나도 꽤 멋지게 등장한다고 하던데, 뭐 정확히 나라고는 할 수 없겠지만, 엄마는 황급히 한마디 덧붙이셨다. 평생 곁에 없는 엄마로 등장한다고 하니 말이다. 클레르는 한쪽에 잠자코 있으면서 그 순간을 만끽하고 있었다. 오빠, 지금 상황이 실감 나? 오빠가 이제 유명해지는 거라고!

식탁에 앉자 엄마는 단도직입적으로 물으셨다. 두 사람은 결혼할 생각은 없는 거니? 발랑시엔식 푸아그라가 목구멍에 걸릴 뻔했다. 모니크는 얼굴을 살짝 붉히며, 내 손을 잡았다. 이 사람이 마음의 준비가 됐는지 모르겠어요, 모니크가 대답했다. 난 준비 끝났어! 가만히 있던 클레르가 갑자기 외치는 바람에 모두 한바탕 웃었다. 오빠가 무릎 꿇고 청혼해도 모자랄 판에! 오빠, 좋다고 해, 좋다고 하라고, 얼른.

그날 저녁 어째서 나는 과감히 내 생각을 말하지 못했을까? 오빠가 형제들 중 처음으로 결혼을 한다는 생각에 한껏 들뜬 클레르를 보고 어째서 덩달아 나까지 흥분했을까? 모니크가 두 눈을 반짝이며 날 바라보는 모습에 어째서 정신을 못 차렸을까? 어째서 이 비겁함은 늘 아빠보다 한 수 위인 걸까?

늦은 밤, 모니크가 침대 위로 올라오더니 내 옆을 비집고 들어왔다. 그녀의 몸은 뜨겁고, 두 손은 축축했다. 모니크가 내 귀에 대고 속삭였다, 내 책은 언제 출간되느냐고, 돈을 얼마나 벌게 되느냐고. 하지만 덤보의 아들인 나는 아무 소리도 못 들었다.

결혼식은 간단히 치렀다.

양가 어머니 두 분께서 결혼식을 준비하셨다. 두 사람은 부케 색깔은 꼭 초록빛이 감도는 것으로 하고 싶어 했고, 부인용 모자도 색깔을 맞춰 초록색으로 사고, 투피스 정장도 새로 맞추었다. 부시장이 우리 두 사람의 결혼을 선언하자 양가 어머니들은 뿌듯한 미소를 지어 보이셨고, 식장에 모인 하객들이 박수를 쳤다. 뒤이어 어린 사촌 남동생들이 서둘러 나와 신부에게 차례로 포옹을 했다. 엄마도 장모님과 포옹을 나누었다. 테니스 선생은 내게 악수를 청하며 행운을 빌었다. 안면 없는 사람들까지도 내게 오더니 축복을 빌었다. 그중에 나보다 머리통 하나는 더 커 보일 만큼 키가 훤칠하고 조각같이 생긴 남자도 한 명 있었다. 그 남자는 내게 축하 인사를 건네긴 했지만 순간 등골이 시릴 정도로 싸늘한 시선을 보냈다. 그러고는 유유히 뒤돌아 사라졌다. 순간 느낌이 왔다. 얼른 고개를 돌려 보니, 모니크가 그 남자와 가만히 껴안은 채 있었다. 꼭 조각상 같았다. 영화 〈밤의 방문객〉에서 여전히 심장이 쿵쿵거리는 두 연인이 악마로 인해 그대로 돌처럼 굳어 버린 것처럼 말이다. 모니크가 그 남자에게 건네는 이별의 키스가 마치 애틋한 마음을 가득 담은 재회의 키스처럼 느껴졌다. 그 순간 장모님의 손이 새똥처럼 내 어깨 위로 툭 떨어졌다. 장모님이 속삭였다, 걱정 말게, 쟤는 자네와 함께 있을 때 행복해 한다네, 절대 바람피우는 일 없을 걸세. 그리고 자네 그거 아나? 저 남자, 피오트르인가 뭔가 하는 듣도 보도 못한 타일 회사에서 인턴으로 일한다더군. **이 세상 어머니들이 자기 자식 일이라면 기꺼이 거짓말쟁이가 된다는 사실은 아무도 내게 알려 주지 않았다.**

오빠 결혼하는 모습을 보니 정말 행복해, 클레르가 말했다, 그런데 성당에서 식 올렸으면 더 좋았을 텐데 아쉽네, 온통 하얀 배경에서 결혼식 치르면 예쁜데. 어쨌든 하얀 부분이 약간 있기는 했다. '하얀'이라는 말이 나온 탓에 여동생과 나는 순간 하얀 병원 건물에서 지냈던 남동생을 떠올렸다. 남동생을 우리 곁에 남겨 두지 못하게 했던 잔인한 의사들을 떠올렸다. 의사들이 그랬다, 환자분은 이제 자기 세계 안으로 들어간 상태이며, 더 이상 밖으로 나오지 않을 겁니다. 남동생이 노래를 부른다 해도 우리는 어떤 소리도 들을 수 없다고 했다. 전부 단단히 굳어 가고 있다고 했다. 그러면서 반사 신경 장애를 언급했다. 의학 전문가 이론에 따르면 생리적인 이유로 찾아오는 장애라고 했다. 이런 장애가 나타나는 아이들의 편도가 비대하다는 사실을 발견한 것이다. 또 다른 전문가는 나름 비유적으로 설명해 보려고 했다. 지구와 같다고. 그런데 지구를 이루는 모든 것은 바로 항상성이라고. 산소와 물 세포는 그것을 구성하는 요소일 뿐이라고. 결국 지구가 더 이상 항상성을 유지하지 못하면, 지구가 아닌 거라고 했다. 지구가 아니면 도대체 뭐란 말인가? 나는 의사들이 거짓말하고 있다는 것을 알았다. 남동생은 여전히 두 눈으로 우리를 바라보고 있었고, 우리가 있는 곳까지 데려다줄 날개를 달고 있었다.

－ 그쪽 세상에서 행복하게 지내고 있을까? 클레르가 물었다.

－ 아니, 우리도 행복하지 않잖아.

우리의 고통은 어느 순간 싹 사라지고 말았다. 다음 차례에 있을 결혼식을 위해 식장을 비워 줘야 할 시간이 온 것이다. 모니크와 나는 양가 어머니가 빌려 놓은 피로연장으로 향했다. 그곳에 덤보가 와 있었다. 한 번도 보지 못했던 정장을 입고 있었다. 덤보 옆에는 안느 아나가 밝은 색 원피스를 입고 나란히 서 있었다. 손에는 작은 꽃다발이 들려 있었다. 두 사람은 참 잘 어울렸다. 두 사람이 다음에 이어질 결혼식 주인공이라 해도 믿을 정도였다. 덤보가 날 보고 손짓을 했다. 내가 가까이 다가가자, 덤보는 날 꼭 껴안았다. 세상에, 이게 대체 얼마만이던가.

– 거 봐라, 에두아르, 잠깐 정신을 놓으면 인생이 결정하고 마는 법이지. 그런데 인생도 때론 분별력이 떨어질 때가 있어.

우리는 결실을 맺었다. 어느 순간 우리 둘은 나무가 되어 있었다.

내가 스물한 살 때였다. 미모가 시들어 가는 한 여인과 기력이 쇠할 일만 남은 한 남자의 아들이었다. 언젠가 여배우가 되길 꿈꾸는 룸메이트와 결혼을 했다. 그리고 나에게는 '좀 더 차분하게' 고쳐 써야 하는 소설 원고가 하나 있었다.

가게 사정이 좋지 않았다. 덤보는 어떻게든 난관을 극복해 보려 했다. 바느질 재료와 기성복 코너를 없애고 그 자리에 남성 속옷 전문 브랜드 에미낭스 속옷을 진열했다. 속옷 말고도 에미낭스에서 새롭게 출시한 향수도 선보였다. 이 향수로 말할 것 같으면, 남성 잡지 '오피시엘 옴므' 제17호에서 '완벽하게 진한 향기로 남성적 매력을 물씬 풍기는 향수'로 소개한 제품이었다. 나는 덤보에게 속옷과 향수를, 그것도 같은 브랜드 제품을 가까운 자리에 붙여 두면 고객들이 혼란스러워할 수도 있다고 귀띔했다. 하지만 덤보는 내 말을 흘려들었다. 야심차게 새 단장한 공간도 별 수 없었다. 그래서 덤보는 다른 브랜드 물건들을 가져와 매장을 꾸미려 했지만, 모든 브랜드에서 덤보의 뜻을 정중히 거절했다. 친할아버지는 처참한 결과를 예상하면서도 가만히 뒷짐 지고 계셨다. 덤보는 끝까지 매달렸고, 방화섬유(바리아 및 트레비라, DFR 300 회사 제품) 코너까지 만들었지만 결국 냉혹한 현실에 부딪히고 말았다. 그때 나는 가게 간판에 새겨 놓은 문구 '1830년부터 대대손손 이어져 오는'에 걸맞은 명성이 이번 대에서 끊기겠다고 생각했다. 아빠가 마지막 대라는 것을 알았다. 아빠가 가업의 명맥을 끊어 놓을 거라는 것을 알았다. 나는 운명의 장난처럼 다시 첫 번째 대를 이어나가야 할 위치에 놓이고 말았다. 이제 내가 나무였다. 이제 내가 새로운 가문을 만들어 나가야 할 사람이었다.

나는 걱정스러웠다. 얼마 동안 썩 기분이 좋지 않았다. 모니크는 내가 다음에 출간할 책 때문에 스트레스를 받아서 그런 거라 생각했다. 모니크는 전혀 몰랐다. 내가 아무런 얘기도 하지 않았으니까. 당신은 멋진 작가가 될 거야, 두려운 마음이 드는 건 당연한 일이지 뭐. '아포스트로프'*에 나갈 생각만 해, 우리 책이 베스트셀러에 올라갈 일만 생각해, 앞으로 우리 앞에 펼쳐질 인생만 생각하라고. 모니크는 세상 그 무엇보다 나에 대한 신뢰가 컸다. 이제 새 책을 한 번 써 봐, 제발. 세월이 흘러, 모니크의 미모도 한층 무르익었다. 모니크는 쇼핑을 즐겼다. 당분간은 엄마가 도와주신대, 모니크가 날 안심시켰다. 모니크가 저녁에 집으로 돌아오면, 나는 매일같이 프

● 프랑스 문학 방송 프로그램.

라이빗 패션쇼를 구경했다. 모니크는 특히 내가 자신의 온몸을 포장지로 감싸 안는 걸 좋아했다. 포장지가 구겨지는 소리가 나면 흥분을 감추지 못했다. 내 생각엔 그때마다 모니크 스스로가 선물이 된 기분이 들었던 게 아닐까 싶다. 하루는 집에 돌아오더니, 내년에 파리에 가서 연기 수업을 받을 거라고, 벌써 강좌 등록을 하고 왔다고 했다. 제2의 제라르 필리프인 프란시스 허스터가 수업을 맡은 강좌도 있다고 했다. 당신 책이 성공하면 참 좋을 텐데…… 수업료가 꽤 비싸고 파리에 방도 하나 구해야 하니까.

그렇게 성가신 일이 하나둘씩 시작되었다.

30년 세월이 흐른 뒤, 모니크의 사진을 꺼내어 보는데, 연극 무대 위에 서 있는 사진은 단 한 장도 없다. 배우들을 태우고 순회공연 중인 차량에 탄 사진도 없다. 어느 공원에서 지친 기색에 마스카라는 번져 흘러내리고 가발은 비뚤게 쓴 채 무릎 위에 실러의 작품 『마리아 슈투아르트』를 올려놓은 모습도 없다. 공연 무대 뒤에서 나체로, 방탕하면서도 제대로 촌스러운 세실 드 볼랑쥬 역할 준비에 한창인 사진도 없다. 외젠 라비슈 작품에서 작은 아씨 역할이라도 맡은 모습을 보여 주는 사진도 없다.

30년 세월이 흐른 뒤, 모니크의 사진은 그저 단순한 이야기만 들려준다. 별 것 없었던 우리의 결혼 생활. 1982년 10월 허스터 수업을 듣겠다고 파리에 도착해 기차에서 내리는 모습. 당시 프란시스 허스터가 니나 컴파니즈* 작품에 단골 배우로 출연한 탓에 니노 라는 별칭이 붙었다. 생 루이 섬에 있는 아이스크림 가게 베르티용에서 다른 학생들에게 둘러싸여 활짝 웃고 있는 모습. 몇 년이 지나고, 보름달 같은 얼굴에 커다랗게 부푼 가슴, 배가 불룩한 모습도 보인다. 우리 둘이 손을 잡고 행복한 모습을 하고 있는 사진도 있다. 사진이 흐릿하다. 당시 투케에서 엄마가 찍어 준 사진인데, 그때 엄마가 입에 담배를 문 채 사진을 찍는 바람에 담배 연기로 눈이 따가워서 카메라 초점을 제대로 맞추지 못한 것이다. 마지막 사진은 1982년 11월 15일 파리 북역에서 찍은 사진이다. 나는 여행 가방을 들고, 머리를 단정히 빗어 넘기고, 단추를 채운 흰 셔츠 위로 브이넥 스웨터가 살짝 보이는 옷차림을 하고 있다.

7부 레인코트를 입고, 어색한 미소에 우울한 눈빛을 하고 있다. 12년 전, 덤보가 내게 지오노의 책을 건넸던 그날 느꼈던 우울함과 같은 감정이다. 이제 막 스물두 살이 된 나는 겉모습은 어엿한 남자이지만 속은 어린애처럼 여리다. 브뤼셀로 향하는 기차에 올라탄다. 다음 날이면 일을 시작한다. 나는 이 사진에 담긴 내 모습이 정말 싫다. 지독하게 나약한 내 모습. 모니크가 카메라 셔터를 누르기 전에 웃으며, '치즈'라고 말했다. '날 보고 웃어 봐'. 하지만 미소가 나오지 않았다. 나는 카메라 뒤에 있는 내 룸메이트를 바라보았다.

---

* 프랑스 시나리오 작가 겸 영화감독.

내가 걸어가는 길과 어긋난 나의 아내를 바라보았다. 하지만 어쩌겠는가, 결국 내가 선택한 나의 아내였다.

분명 이걸 쓰고, 그 대가로 돈을 받은 사람이 있겠지.

포스터에 주황색 차가 한 대 있다. 차종은 다름 아닌 르노 12 — 초록 바탕은 아무래도 축구 경기장의 초록 잔디처럼 보인다. 운전석 쪽 문이 반쯤 열려 있고, 더벅머리가 바람에 날려 이마까지 내려온 한 젊은 남자가 왼손으로 그 문을 잡고 서 있다. 오른손은 자동차 지붕 위에 얹고 있다. 남자는 검은색으로 '12'가 적힌 노란 축구 유니폼을 입고 있다. 발은 오른발만 보이는데, 검은색 스파이크 슈즈를 신고 있다. 신발을 보면 남자가 직접 운전하지는 않을 거라는 걸 알 수 있다. 포스터 상단에 문구가 한 줄 적혀 있다. '세계 챔피언다운 면모를 자랑하는 르노 12와 미셸 플라티니'.

그때 나는 버스를 타고 있었다. 그 순간 마음이 요동쳤다.

이 세상에 공짜는 없다. 누군가는 분명 이 문구를 쓴 대가로 돈을 받았을 것이다. 달랑 단어 여덟 개와 숫자 한 개로 이루어진 문구. 나도 그 정도 문구는 쓸 수 있을 것 같았다. 내가 누구인가, 고작 일곱 살 때 운율을 맞춰 가며 범상치 않은 시를 쓴 작가가 아니던가. '세계 챔피언다운 면모를 자랑하는 르노 12와 미셸 플라티니' 정도는 충분히 쓸 수 있었다. 집으로 돌아오는 길에 잡지 한 권을 사서 넘겨 보았다. 금테를 두른 검정색 시계가 같은 검정색 봉투에서 나오는 이미지가 담긴 광고 페이지가 눈에 들어왔다. 문구는 이러했다. '세상에서 가장 납작하고 아름다운 시계 달력. 그 주인공은 바로 타이맥스'. 이브닝드레스를 입은 한 여인이 응접실에 놓인 소파 팔걸이에 걸터앉아 있는 광고도 있었다. 내 눈엔 참 불편해 보이는 자세였다. 왼손에는 향수병을 들고, 오른손으로 왼쪽 팔꿈치 안쪽으로 향수를 뿌리며, 우리를 응시하는 모습이었다. '단 한 방울이면 에스티로더 향수의 진가를 알게 될 거예요'.

나는 집에 도착해 깨달았다. 광고 문구 쓰는 일을 하면 되겠다고. 모니크에게는 아무 말도 하지 않았다. 옛 룸메이트끼리 예전과는 다른 저녁 시간을 보냈다. 나는 설거지를 했고, 모니크는 콘스탄틴 스타니슬랍스키가 쓴 연기 이론서를 읽으며 한 번씩 이마를 찌푸렸다. 나는 개수대에 양손을 넣고 물속을 이리저리 휘저으며 되는대로 문구를 마구 떠올리고, 광고 카피라이터로서 거장의 반열에 오른 내 모습을 상상하기도 했다. 하지만 어떻게 하지? 누구한테 물어보지? 어떤 공부를 해야 하지? 자격증이라도 따야 하는 건가?

그 다음 날 나는 서점에 들러 마케팅 서적을 샅샅이 뒤졌다(뒤지는 건 내 전문이니까). 그러다가 앙리 요아니가 쓴 『광고 크리에이션 과정』이라는 책을 겨우 찾아냈다. 모르면 직접 가서 찾아보라, 내가 선택한 방법이었다. 나는 책을 탐독했다. 특히 언어유희 기법에 관한 챕터를 발견한 순간 무아지경에 빠지고 말았다. 책에는 언어유희 기법 카테고리를 여덟 개 넘게 나눠 소개하고 있었다. 먼저 동음이의(나는 동음이의 기법의 살아 있는 신이었다), 이의 반복(동일한 단어를 다른 의미로 반복해 쓰는 기법), 동음성, 어음 유사('엘로쥬 뒤 뱅 엘로쥬 디뱅'을 예로 들어 놓았다), 동일 모음 반복, 두운법(훗, 이건 식은 죽 먹기지), 의성어/의태어, 끝으로 근사운(이건 내가 이런 기법이 있는 줄도 모르고 자주 써먹었던 기법으로, 한 문장 안에 동일한 압운이 들어가 있는 경우를 말한다)까지 있었다. 책을 다 읽고, 광고 문구를 몇 개 써서 광고 에이전시에 한번 보내보기로 결심했다. 말하자면 나를 광고하기로 마음먹은 거였다.

덤보와 안느 아나에게서 점심식사 초대를 받았다. 덤보는 분명 어디 레스토랑에서 만나기를 원했을 게 분명한데, 안느 아나가 꼭 집으로 초대하고 싶다며 고집을 부렸음에 틀림없다.

주변에 우리의 흔적이라고는 사진 한 장도, 보잘 것 없는 생일 선물이나 어버이날 선물도 하나 없는 그곳 아파트에서 아빠가 조명을 받으며 소파에 앉아 있는 모습을 직접 보니 기분이 이상했다. 아빠 주변에 있는 거라고는 안느 아나가 그동안 모은 작은 올빼미 조각상들이 전부였다. 솔직히 툭 튀어나온 올빼미의 매서운 눈과 마주하기가 썩 편하지는 않았다. 안느 아나가 소파를 가리키며 나더러 앉으라고 했고, 샴페인을 내오더니 말했다, 축하주 한 잔 해야지.

두 사람의 다정한 모습을 보니, 문득 어렸을 적 부모님 모습이 떠올랐다.

아빠가 노란색 부엌 식탁에 앉아 있는데, 엄마가 가까이 다가가 식탁에 샐러드 접시를 올려놓고 아빠 뒤를 지나가며 아빠 목을 꼭 껴안는다. 두 사람이 동시에 웃는다. 바로 그 순간 두 사람은 정말로 아름다워 보인다. 남동생은 한숨지으며 두 눈을 가리고, 아직 한참 어린 여동생 클레르는 식탁에 양손을 마구 두드려 댄다. 그럴 때마다 퓨레가 가득 담긴 플라스틱 숟가락이 요동을 친다. 그게 바로 행복 그 자체였다. 엄마가 식탁에 앉으러 가면서 아빠의 목을 꼭 한번 껴안는 모습을 보는 것. 그게 바로 행복 아니겠는가.

덤보가 건배했다, 계속 책 쓰고 있지? 덤보가 안느 아나를 보고 말을 이었다, 이 녀석이 글 쓰는 재주가 있다니까, 아주 어렸을 적부터 벌써 짧은 이야기를 썼으니 말이야, 내 기억엔 일곱 살 땐가 첫 시를 썼다니까, 대단하지? 에두아르, 넌 기억할 텐데, 그때 썼던 시를 한번 읊어볼 수 있겠니? 안느가 들으면 놀라 뒤로 나자빠질 거다. 덤보는 뿌듯해했다. 하지만 나는 고개를 숙였다.

그러자 덤보가 샴페인 잔을 내려놓더니, 자리에서 일어났다.

순간 응접실에 정적이 감돌았고, 아빠는 화석이 된 올빼미 수백 마리의 매서운 시선을 받으며, 진지한 목소리로 천천히 시를 읊어 내려갔다.

엄마
엄마는 엠마가 아니죠.
아빠

아빠가 묵찌빠를 하네요.

할머니

할머니는 허니처럼 다정해요.

할아버지

세상 사람 모두 지지고 볶아요.

안느 아나가 박수를 보냈다. 순간 내 눈가에 눈물이 핑 돌았다. 15년 전 아버지 눈에서 흘러내린 수은처럼 묵직한 눈물이었다.

그 순간 나는 잠시나마 아들, 어린아이, 오래 기억될 사람이 되어 있었다.

덤보가 말을 툭 내뱉었다, 새삼 노란색 부엌이 떠오르는구나, 하지만 이제 우린 더 이상 가족이 아니지, 이제 다신 되돌릴 수 없게 되었으니, 안느 아나가 아버지 손을 가만히 붙잡았다. 덤보는 담배에 불을 붙였다. 담배 연기를 내뿜으며, 말을 이어나갔다. 투케에서 보냈던 어느 여름날이 기억나는구나, 지독한 바람이 불었지, 폭풍우 말이야, 아무도 밖으로 나갈 엄두를 못 내고, 파도도 높게 일어 뭐든지 집어 삼킬 기세였지, 그때 머물던 아파트도 갑자기 서늘해지고 아주 습해졌어, 너희는 힘겨워했지, 특히 네 남동생 말이다, 그 녀석은 유리병에 갇힌 파리처럼 계속 벽을 들이받았지, 네가 그 녀석을 진정시켜 보려고 부둥켜안고 노래까지 불러 가며 달래려 애썼지, 그런데도 그 녀석은 아랑곳하지 않고 오히려 너까지 같이 끌고

벽이며 가구며 들이받았지, 그때 네가 먼저 웃음을 터뜨렸고 네 동생도 따라 웃더구나, 네 엄마도 나도 너희 둘을 말리지 못했어, 너희 두 사람 모두 딴 세상에 있었거든, 자그마한 아파트는 그저 가방 안에 쏙 넣어 버린 채 말이다, 겨우 그 녀석이 진정되고 나니 네 엄마가 밖으로 나가자고 했어, 나는 거절했지, 위험했으니까. 밖에는 어마어마한 바람이 불어 모든 걸 쓸어 갔으니까. 둑에 세워 둔 자전거들이 날아가고, 크레페를 파는 소형 트럭마저 날려갔지, 발코니에 놓여 있던 덱 체어도 날아가 사람들을 위협했고, 그런데도 네 엄마는 기어이 너희들을 외출복으로 갈아입히고 자기도 스카프를 매고는 문을 열었어, 바람이 요란한 소리를 내며 불어 닥쳤지, 응접실에 있는 물건이란 물건은 모조리 날아갔고 내가 소리쳤지, 나가지 마! 순간 너희를 잃을까 봐 두려웠거든, 네 엄마가 날 쳐다보았고, 너희 셋은 엄마한테 찰싹 매달려 있었어, 그때 네 엄마가 아주 애잔한 미소를 짓더니 이렇게 말하더구나, 당신은 이미 우리를 잃었어요, 이미 잃었다고요…… 그 말을 뒤로한 채 너희는 회오리바람 속으로 사라졌지. 지나간 일은 곱씹는 거 아니에요, 안느 아나가 덤보 말을 중간에 끊었다. 샴페인이나 마저 마셔요, 그러다 샴페인이 미지근해지겠어요.

잠시 뒤 식탁에 앉아 식사를 하며, 덤보는 내가 하는 일도 없고, 그렇다고 공부를 계속 하는 것도 아니라며 걱정이라고 했다. 나도 언제까지나 너희 두 사람을 도와줄 순 없어, 가게 형편이 어려워,

향수랑 속옷 말이다. 아무래도 네 말이 옳았던 것 같구나, 둘이 조합이 잘 맞질 않아. 그러면서 가게를 청산할 생각이라고 하셨다. 나는 덤보를 안심시키려 애썼다. 모니크가 연기에 빠져, 파리에 가서 연기 수업도 들을 거라는 얘기를 꺼냈다. 유명한 수업이에요, 요즘 잘 나가는 배우인 프란시스 허스터가 직접 수업을 한다고 하더라고요, 배우로 유명해지기만 하면 떼돈 버는 거예요. 그러자 안느 아나가 보일 듯 말 듯 어깨를 으쓱했다. 나는 결국 광고 일을 해 보려고 한다는 얘기도 꺼냈다. 덤보는 내 말이 끝나기가 무섭게 언성을 높였다, '광고쟁이', 그게 무슨 직업이야! 내가 몇 년 전에 가게 전단지 만드는 일을 하는 사람을 만난 적이 있지, 그때 그 작자가 전단지만 뿌리면 손님들이 몰려올 거라고, 매출이 못해도 두 배는 늘 거라고 장담했었지, 기가 막혀서 정말. 덤보가 애처로워 보였다. 옆에 있던 안느 아나가 덤보의 손을 잡고는 한마디 건넸다, 그냥 알아서 살게 놔둬요, 착한 아들이잖아요, 자, 커피나 한잔 해, 어쨌든 네가 우리 집에 처음으로 놀러 온 걸 기념해야지.

　시간이 흘렀다. 몇 분째 약하게 다리를 떨던 안느 아나가 자리를 비웠다. 나는 그 틈을 타 덤보에게 우리가 보고 싶었느냐고 물었다. 저는 늘 아빠도 그립고, 남동생도 그립거든요, 제가 그 녀석을 위해 만들었던 말들, 기억나세요? 빵을 '뛰도르'라고 하고, 침대를 '아오도도'라고 하고, 노란색을 '오농'이라고 했었지, 덤보가 먼저 말했다. 클레르를 '랭세스'라고 했죠, 이번에는 다시 내가 말했다. 파란

색과 욕조, 벤치를 '뵈뵈뵈'라고 하고, 다시 덤보가 이어받았다. 에두아르, 나는 하나도 빠짐없이 기억하고 있단다, 네가 만든 말에 네 동생이 참 즐거워했었지, 그래, 나도 그 녀석이 보고 싶구나.

아빠, 사람을 죽인 적이 있어요?

내가 불쑥 꺼낸 말에, 덤보는 안경을 벗더니 눈을 비볐다. 네 엄마가 너한테 얘기하든? 네 엄마가 내게 더 이상 자기를 사랑하지 않느냐고 물었을 때, 그게 내 머릿속에 떠오른 유일한 대답이었단다. 나는 순간 파랗게 질렸다. 유일한 대답이라니. 진실이 대수가 아닌데. 결국 그 진실이 엄마를 망가뜨렸지 않았는가. 에두아르, 그게 아니란다, 네 엄마를 망가뜨린 건 네 엄마 스스로 품고 있던 기대였어, 네 엄마는 결국 그 기대를 충족시키지 못했던 거지. 나는 무슨 말인지 도무지 알아듣지 못했다. 그때 변기 물 내리는 소리가 들려왔다. 그럼 알제리에서 아무도 죽이지 않았던 건가요? 죽였어, 내 또래 남자였지, 하지만 그 일과는 아무 상관이 없어. 안느 아나가 다시 응접실로 들어섰다.

덤보는 보청기 작동 버튼을 만지더니 다시 침묵에 잠겼다.

내가 첫 번째로 떠올린 구상은 바로 접이식 종이 의자였다. 종이 의자에 이름을 붙였다, 카르플리. 그리고 종이 의자의 내구성을 보여줄 수 있는 광고지를 만들었다. 뒤집힌 의자가 하나 있고, 맨 위쪽에 허공을 떠다니는 다리 두 개가 있는 이미지였다. 그리고 이렇게 문구를 썼다. '카르플리는 부러지지 않는다.'

두 번째는 5년 전 바다표범 새끼들이 떼죽음을 당한 안타까운 사진에서 영감을 받아 구상을 떠올렸다. 당시 브리짓 바르도가 격분하는 모습을 보였다. 말 한 마리가 담요를 덮고 있고, 요크셔 한 마리가 방수 셔츠를 입고 있다고 상상해 보자. 그런데 그 담요와 셔츠가 다름 아닌 인간의 피부로 만들어진 것이다. 나는 이렇게 문구를 썼다. '동물들이 당신한테 하지 말았으면 하는 일을 떠올려 보라.' 그 밑에 WWF의 상징인 판다 이미지로 사인을 남겼다.

세 번째는 인권단체를 겨냥해 구상했다. 메마른 사막에 아이들이 있고, 그 사진 위에 커다랗게 글씨를 넣었다. '물은 하늘에서 떨어지지 않습니다.'

마지막으로 최근에 나온 르노 5 자동차 광고 문구('나의 르노 5는 마술사입니다.')를 '나의 르노 5는 내게 마법을 겁니다.'로 살짝 바꿔 보았다.

구상한 내용들을 실제로 프레젠테이션 자료로 만드는 데 적지 않은 시간을 투자했다. 작업을 하면서 고등학교 때 나더러 레터링과 타이포그래피 기법, 또 편집의 기본을 익혀 보라고 누누이 말씀하셨던 미술 선생님께 그저 감사한 마음이 들었다.

나는 완성한 내용을 모니크에게 내밀었다. 모니크는 영문을 모르겠다는 반응이었다. 어쨌든 아주 멋들어지게 잘 만들었다고는 생각했지만. 이걸 당신이 직접 만든 거야? 모니크는 무엇보다 이게 내가 쓰는 책과 도대체 무슨 관련이 있는 건지 의아해했다. 그래서 결국 나는 모니크에게 잠시 글 쓰는 일을 그만둘 생각이라고 털어 놓았다. 먹고살고, 당신 강습료도 대고, 파리에서 지낼 방값도 내고, 무엇보다 당신 행복하게 해 주려면, 언젠가 우리 집도 사고 TV도 사고, 장모님 계신 투케 말고 다른 곳으로도 휴가 가고 하려면 돈 벌어야지. 왜? 우리 엄마가 싫은 거야? 무슨 소리야, 내가 장모님을 얼마나 좋아하는데. 입에 침이나 발라. 대체 무슨 말이 듣고 싶은 건데? 세상에서 제일 멋진 엄마가 누구야? 아, 그래, 그래, 얘기할게, 장모님이 세상에서 제일 멋진 엄마야. 에두아르, 제발 나 갖고 그만 좀 놀아. 나 지금 너랑 장난하자는 거 아냐. 그럼 도대체 말 위에 사람 피부며, 요크셔 위에 사람 살갗으로 만든 옷이며, 이게 다 무슨 소리야, 정신이 나간 거야 뭐야, 저기 뼈만 남은 아이들 사진은 또 뭔데, 어디 아파? 물이 하늘에서 떨어지는 게 아니면 어디서 오는데? 자, 이쯤 하고, 그 편집자라는 사람한테 전화해서 우리 책은 어떻게 돼 가고 있는 건지나 물어 봐, 질질 끌고 있잖아, 도대체 질질 끌 이유가 전혀 없는데 말이야! 그러고는 모니크가 입을 다물었다. 나도 입을 다물었다.

모니크는 얼굴이 벌겋게 달아오른 채 가쁜 숨을 내쉬었다. 머리카락 한 가닥이 이마에 달라붙어서는 마치 코에 난 가느다란 상처 자국처럼 보였다. 내 입술은 파르르 떨리고, 손끝은 근질근질했다. 우리 둘은 서로를 바라보며 처음으로 단절된 느낌을 받았다. 그 뒤 몇 년에 걸쳐 우리 사이를 덮치고 엉망으로 만들어 버릴 균열이었다. 잠시 뒤 우리는 예고된 어둠에 불안한 마음이 밀려올 때쯤 웃음을 터뜨렸다. 단 몇 시간만이라도 모든 근심을 날려 버릴 웃음이었다. 우리는 내가 만든 광고 보드판 위에 그대로 주저앉았다. 역시나, 모니크는 광고판이 구겨지는 소리보단 실크 포장지의 바스락거리는 소리를 훨씬 좋아하는 듯했다.

그다음 날은 하루 종일 구겨진 광고판을 원상 복구하느라 바빴다. 모니크는 새벽 5시에 일어나 조용히 차 한 잔 마신 뒤 6시 5분에 출발하는 파리행 기차를 타러 갔다. 파리에서 연기 수업과 관련된 두 번째 오디션을 보고, 하숙방이나 작은 원룸을 구하러 다닐 생각이라고 했다.

굶주린 아이들 사진이 가장 많이 망가진 상태였다. 그래서 〈내셔널 지오그래픽〉에서 쓸 만한 사진 두 장을 새로 골랐다. 하나는 인도 아이 두 명이 타르 사막에서 죽은 영양의 고깃덩어리를 뜯고 있는 모습이고, 나머지 하나는 알제리 엄마가 타네즈루프트 사막에서 야윈 모습으로 세상을 떠난 아이를 부둥켜안고 울부짖는 모습이었다. 그리고 이왕 하는 김에 광고 문구 타이포그래피도 더 그럴싸하게 바스커빌체를 써서 고쳤다. 동글동글하면서도 가느다란 서체의 느낌이 마음에 들었다. 한참 열중해서 작업하며 'ciel'●의 'c'를 쓰는

● 프랑스어로 '하늘'을 뜻하는 단어.

데, 문득 불길한 예감이 들었다.

바짝 긴장된 마음으로 전화번호부를 낚아채고는 타일공 업종 부분에서 피오트르라는 이름을 찾았다. 마침내 그 이름이 눈에 띄었고, 거기에 나온 번호로 전화를 걸어 육상 선수 출신인 인턴을 좀 바꿔 달라고 했다. 친절한 사장은 어설픈 프랑스어로 이렇게 대답했다. "도망간 숙모 찾으러 파리에 갔어요."

불길한 예감이 적중했음을, 그 순간 바로 알 수 있었다.

며칠 뒤 릴에 있는 광고 에이전시에 포트폴리오를 들고 찾아갔다. 아주 친절하게 나를 맞이했다. 한 남자가 아티스틱 디렉터라며 본인 소개를 하더니 내가 가져간 광고판을 살펴보았다. 이건 사람의 살갗인가요? 네. 좋은 아이디어군요, 좀 과격하긴 해도 아이디어는 좋아요. 순간 심장이 부풀어 올랐다. 하지만 이걸 보고 제품을 사는 사람은 없겠군요. 어째서요? 나는 발끈했다. 나치, 핸드백, 지갑, 뭐 이런 것들 때문에요. 이건 그런 것과는 아무 상관없어요, 내가 반박했다. 그렇겠죠, 하지만 광고라는 게 그래요. 그럼 이건 좋은 광고가 아니라는 말씀이시군요? 그가 미소를 지어 보였다. 눈가에 주름 진 모습을 보니 순간 아주 늙어 보였다. 아녜요, 좋은 광고예요. 그러더니 종이에다가 황급히 몇 자 썼다. 받아요, 여기 메모해 놓은 사람한테 전화 한번 해 봐요, 브뤼셀에서 새로 에이전시를 차린 사람인데, 카피라이터를 찾고 있어요. 브뤼셀? 카피라이터? 나는 한 시간 뒤, 손에 차는 땀을 연신 닦으며 잠긴 목소리로 '그 사람' 한테 전화를 걸었다. 그쪽에서 그 다음 날 한번 만나자고 했다. 에이전시 이름은 '인터마르코-파너'였다. 에이전시는 브뤼셀 중심가에 있는 드 라 렌느 갤러리 맞은편 아고라 갤러리에 있었다. 주요 고객으로는 르노, 유럽 어시스턴스, 르 수아르, 페리 회사인 시링크, RTL이 있었다. 그 남자 이름은 마이클 골드스틴이라고 했다. 그랬다, 그는 카피라이터를 찾고 있었다.

나는 곧장 덤보에게 전화를 걸었다. 나만의 계보를 여는 역사적인 순간을 덤보와 함께 나누고 싶었다. 안느 아나가 점점 큰 목소리로 같은 말을 반복했다. 에두아르요, 에두아르가 취업 면접을 봤대요, 그래요, 취업이요. 잠시 침묵이 흘렀다. 에두아르, 네 아버지가 미소를 지으시며, 이제 네가 다 컸다고, 자기 앞가림을 하게 되었으니 잘된 일이라고 하시네. 잠깐만, 아버지 바꿔 줄게.

― 나처럼 되지 말고.

― 아빠, 드디어 지오노 책을 읽었어요. 보비가 말하더군요, 우리가 인간을 치유할 수 있다고, 세상을 바꿀 수 있다고 말이에요.

― 그러니까 그렇게 하렴.

맞은편에 앉은 한 남자가 몇 달 전에 출간된 『장미의 이름』을 읽고 있었다. 기차를 타고 가는 내내, 심지어 검표원이 왔을 때도 고개 한 번 들지 않았다. 나중에는 내가 혼자서 웃음을 터뜨렸는데도.

나는 움베르토 에코 책 표지를 물끄러미 바라보았다. 마티외 갈레를 만나고 뛰쳐나와 차에 깔려 죽을 뻔하며 쿠스토 거리를 무턱대고 휘젓고 다녔던 그날, 소설을 '보다 차분하게' 다시 쓰는 일은 절대 없을 거라고 생각했다. **격렬히 소용돌이치는 나의 스무 살에 침을 뱉었다. 젊음만 있으면 못할 것이 없고 그 어떤 것도 용서받을 자격이 있다고 믿게 만들었던 하늘 높은 줄 모르는 거만함을 경멸했다.** 글을 쓰고, 책을 출간한다는 생각만 해도 좋았다. 모니크가 가지고 있던 욕망이 좋았다. 그런데 '사산아'로 태어난 내 글이 우리의 관계를 결정지었다. 내가 모니크에게 한 첫 번째 거짓말이었다. 그 옛날 할머니의 라임을 허니로 맞춘 걸 본 할머니가 내게 해 준 칭찬처럼. 내 앞에는 멋진 운명이 펼쳐질 거라고 했던 클레르의 확신처럼. 덤보, 내가 글 쓰는 일을 좋아했던 건 당신이 내가 글 쓰는 모습을 좋아했기 때문이에요. 내가 몇 글자 쓴 걸 보고 당신 눈에 눈물이 맺힐 정도였으니까요. 그런 모습에서 희열을 느꼈지만 그 희열만으로 책을 쓸 수 있는 건 아니더군요. 잠깐 동안 두려움을 떨쳐 주고, 일순간이나마 의심을 날려 버릴 뿐이죠. **아빠, 나는 상처를 치유하는 사람이 아네요. 하지만 한번 배워 볼게요, 약속해요. 어떤 방법이 있는지 알아보고, 원칙을 익혀 볼게요. 그런 뒤에 사랑 이야기를 쓸게요.**

우리 가족의 사랑 이야기 말이에요.

맞은편에 앉은 남자는 여전히 책장을 넘기고 있었다. 나는 고개를 돌려 차창 밖으로 보이는 풍경을 바라보았다. 밀, 순무, 옥수수, 감자. 온통 먹을 것들이었다.

파리로 돌아왔다.

마이클 골드스틴이 내가 쓴 문구를 마음에 들어 한 날이었다. 마이클 골드스틴이 나를 카피라이터로 쓰기로 결정한 날이었다. 두 달 안에 브뤼셀에 자리를 잡고 일을 시작하기로 했다. 한 달 월급은 8천 프랑이었다(당시 최저 임금이 3천4백29프랑 1상팀이었다).

'물은 하늘에서 떨어지지 않습니다.', '동물들이 당신한테 하지 말았으면 하는 일을 떠올려 보라.', '나의 르노 5는 내게 마법을 겁니다.', 내가 쓴 몇 마디 말이 나를 부자로 만들어 주었다. 작가보다 돈을 잘 버는 사람. 나는 덤보가 직원들한테 누누이 했던 말을 떠올렸다. 모든 일에 정당한 보수가 뒤따라야 하는 거라면, 모든 보수에는 그에 걸맞은 일이 따라야 하는 법이다. 스스로를 가난에 빠뜨린 아빠의 철학. 나는 순간 웃음을 터뜨렸다.

그런데도 맞은편에 앉은 남자는 책에서 눈을 떼지 않았다.

나는 벨기에식 브리오슈 한 개와 테탱저 샴페인 한 병을 사 들고 집으로 돌아왔다. 샴페인 뚜껑이 위로 튀어 올랐고, 흔히들 하는 말이 떠올랐다. '샴페인 뚜껑이 날아오르면 여자 웃음소리가 들린다.' 모니크의 눈이 반짝였다. 짠, 건배, 황금으로 변하는 말들을 위하여!

딱 30분 동안 모든 것이 완벽했다. 모니크가 손가락으로 내 손을 어루만지며, '사랑의 지도'를 다시 그렸다. 때때로 고개를 숙였다가 우아하게 다시 고개를 들었다. 구애와 애교의 몸짓, 달콤한 속삭임이 이어졌다. 우리 둘은 어느 순간 영원한 사랑에 빠진 사람이 되어 있었다. 애정의 강에 차례로 뛰어들어, 존중과 인정의 강물을 건너고 있었다. 나는 브뤼셀 얘기를 꺼냈고, 극장이 있는 로얄 갤러리가 얼마나 멋진지에 대해서도 설명했다. 물론 연기 수업도 들을 수 있다는 말까지 덧붙이며 말이다.

그렇지만 당신을 따라가진 않을 거야, 모니크가 딱 잘라 말했다.

30분이 지나, 모니크는 냉정의 호수에 도착해 있었다.

에두아르, 난 같이 가지 않을 거야, 난 파리로 갈 거야, 이미 말했잖아. 하지만 우리는 부부잖아. 아니, 부모님 좋으라고 한 거지, 그냥 철든 자식 노릇 한 거라고, 솔직히 우리가 부부는 아니잖아, 당신 말대로 그저 룸메이트인 거지. 그럼 이제 우린 끝난 거야? 아니, 굳이 끝이라고 말할 필요는 없지, 모니크가 대답했다. 우리 둘은 서로 키스도 하고, 웃기도 하고, 가끔씩 같은 걸 꿈꾸기도 하잖아, 다만 각자가 선택한 길이 다른 거지.

그날 저녁 우리는 우리가 사는 아파트를 처분하기로 했다. 모니크는 파리로 떠나면서, 로라 애슐리 쿠션과 데이비드 해밀턴 포스터, 나폴레옹 3세 앤티크 선반 두 개를 가져가고, 나는 초보 작가용 책상과 창고에 처박아 둔 금이 간 접시들을 가지기로 했다.

그 뒤로 서로 더 이상 별달리 할 말이 없었다. 내 기억에 우리 둘은 그때 아주 슬펐던 것 같다. 울고 싶었지만 둘 중 누구도 상대방에게 나약한 모습을 보이고 싶지 않았다. 내가 벨기에에서 사 온 브리오슈는 둘 다 손도 대지 않았다. 나도, 아마 모니크도 앞으로 브리오슈 근처에는 가지도 않겠구나 하는 생각이 들었다. 우린 서로를 버리진 않은 채 헤어지고, 함께 있진 않지만 함께 사는 거야, 그래야 먼 훗날 언젠가 당신이 날 사랑할 수 있을 테니까, 모니크가 마지막 말을 건넸다.

우리는 서로 손을 마주 잡았다. 두 손은 얼음장처럼 차가웠다.

다시는 보고 싶지 않은 사진, 파리 북역에서 여행 가방을 들고, 모니크가 '치즈, 날 보고 웃어봐'라고 하는데도 웃지 않고 있던 그 사진이 바로 그날 찍은 것이었다.

나는 패스트푸드 매장이 있는 도로 근처 호텔 방을 하나 빌렸다. 편의 시설이나 별다른 서비스도 아무것도 없는, 그저 매주 4일 밤을 지내기에 딱 알맞은 가격의 방이었다. 그 방에서 묵었던 첫날 밤이 떠오른다.

어느 일요일, 비가 내렸다. 방은 눅눅하고, 난방 시설은 있으나마나 하고, 짙은 밤색 면 침대 커버는 꼬질꼬질했다. 침대 맞은편에 노란 세면대가 있고, 그 위로 자국이 얼룩덜룩하게 난 거울과 작은 형광등이 달려 있었다. 거울 속에 우울한 내 얼굴이 비쳤다. 12년 전, 기숙학생으로 지낼 때의 내 모습 같았다. 나는 서랍에 짐을 정리하지도 않고, 한참을 침대에 멍하게 앉아 있었다.

그러다가 순간 심장이 벌렁거리고 손이 떨리기 시작했다. 또 다시 두려운 시절이 들이닥칠 것 같은 생각에 소름이 끼쳤다. 위장이 빵빵해지고, 구토가 날 것 같고, 숨이 턱 막혔다. 그런데 느닷없이 웃음이 나기 시작했다. 모든 걸 놓아 버린 웃음. 끔찍한 사고를 당하고도 여전히 살아 있는 것이 놀라워 터져 나오는 웃음. 고통스럽고 불쾌한, 허나 멈출 수 없는 웃음이었다. 누가 내 방문을 두드리며 소리쳤다, '거기 안에 좀 조용히 해요!' 나는 갑자기 무서웠고, 누가 시키기라도 한 것처럼 입을 꾹 다물고 더러운 침대 커버 위에 누웠다. 더 이상 꼼짝도 하지 않고, 천장을 뚫어져라 바라보았다. 습기 자국이 군데군데 나 있었다. 자국 난 모양이 꼭 달리는 하마를 닮은 온두라스 지도 같기도 하고, 이런저런 사람 얼굴 같기도 했다. 자꾸만 머릿속에 떠오르는 생각을 지우려 애썼다. 파리에 있는 모니크, 충분히 누리지 못해 늘 아쉬움으로 다가오던 유년 시절. 차가워진 몸은 다시 데워질 줄 몰랐다. 백만 번째 담배에 불을 붙인 뒤 여행 가방을 열어 그 안에 있는 옷이란 옷을 모조리 꺼내 온몸에 걸쳤다. 마치 수의를 걸친 듯했다.

나는 죽더라도 울지 않을 테야.

그 다음 날, 오전 9시 정각에 광고 에이전시에 도착했다. 마이클 골드스틴이 나를 데리고 사무실을 한번 죽 돌고 나서 내 자리를 가리켰다. 책상에는 IBM 최신 전동타자기가 놓여 있었다. 하지만 제일 중요한 순서는 바로 자크 코웨를 소개시켜 주는 일이었다. 나와 앞으로 함께 일할 아티스틱 디렉터였다. 나이가 아버지뻘이었다.

내 자리에 가서 앉고 보니, 뿌듯하면서도 한편으론 덜컥 겁이 났다. 앞으로 어마어마한 월급을 받으려면 사람들이 내게 어마어마한 일을 시킬 거라는 사실을 간파했으니까. 예상한 순간은 금방 찾아왔다.

오후가 시작되자마자 마이클 골드스틴이 브리핑(?)할 게 있다며 우리 둘을 불렀다. 보험회사 유럽 어시스턴스 광고 제작과 관련한 내용이었다. 겨울 스포츠 여행을 떠나는 사람들이 보험에 가입할 마음이 들도록 해야만 했다. AE(?)가 나와서 여러 가지 정보를 먼저 전달하고, 지금까지 해왔던 광고를 보여주고, 이번 광고를 위해 세워 둔 전략(?)을 설명했다. 그러면서 인사이트(?)부터 타깃, 콘셉트(?), 계약 조건, RTB(?) 즉, reason to believe, 목소리 톤, 일간지 게재 요청 등등 관련 내용을 줄줄이 읊어 나갔다. 나는 하나도 빠뜨리지 않고 메모했다. 옆에 있던 자크 코웨가 빙긋이 웃으며 나를 쳐다보았다. 벌써 내가 애송이라고 놀리는 건가? AE가 방금 설명한 내용이 전부 요약된 종이를 한 장씩 나누어 주었고, 그제야 나는 자크 코웨가 웃은 이유를 알았다.

우리 둘은 각자 자리로 다시 돌아왔다. 자크는 책상 위에 발을 턱 걸치더니, 한가롭게 자동차 잡지를 읽기 시작했다. 나는 브리핑 내용과 계약 조건을 읽고 또 읽었다. 침착한 마음으로 시작했다. '목소리 톤'은 감상적으로. 'RTB'로는 매일 매시간 150개국에서 항시 대기, 현지 긴급의료책임, 필요 시 본국송환, 가입 고객 수 천 2백만 명.(유럽 어시스턴스 소속 구조 비행기 7대가 5년 전 스페인 야영지 참사 희생자들을 본국으로 송환한 적 있음.) '연혁'으로는 1963년 프랑스에서 라 콩코드의 원조를 얻어 피에르 데스노스가 창립한 뒤 1964년 벨기에까지 사업 지역을 넓힘. 현대적 의료 보험 개념의 선구자(응급의학, 이송, 재난). '요청 작업'은 일간지 하단 게재 광고 제작.

떠오르는 아이디어가 있나? 자크가 내게 물었다. 나는 얼굴이 하얘졌다. 전혀 없어요. 걱정 마, 벌써 다섯 시군, 오늘은 이만 하고, 내일 하자고.

나는 밤새 한숨도 못 잤다.

새벽같이 호텔에서 나와 와브르 도로까지 걸어가 문을 연 신문 가판대를 찾았다. '라 리브르 벨지크'부터 '르 수아르', '라브니르 뒤 뤽상부르', '르 쿠리에 드 레스코'까지 종류별로 한 부씩 사고, 심지어 플랑드르어를 전혀 알지도 못하면서 플랑드르어로 된 신문까지 샀다. 신문을 들고 드 라 렌느 갤러리까지 걸어와, 유명한 카페에 자리를 잡고 앉아 에스프레소 트리플 샷 한 잔을 주문해 놓고 신문에 게재된 광고란 광고를 모조리 살펴보았다. '통통 타피' 광고까지 놓치지 않았다. 통통이 돌돌 만 카펫을 어깨에 지고 있는 이미지에 문구를 이렇게 달아놓았다. '당신께 뛰어난 품질을 가져다 드리겠습니다'.

사무실에 일찍 출근했다. 잠시 뒤 AE가 출근했고, 그녀한테 가서 혹시 구조 지원을 받은 고객들이 보낸 편지를 가지고 있는지 물었다. 그녀가 미소를 지어 보였다. 엄청 많죠, 여기 제 사무실에도 있어요. 그러더니 그녀가 내게 편지 스무 통 정도를 건넸다. 나는 편지를 하나하나 훑어보며, 영감을 줄 만한 표현을 찾았다. 그러다가 어느 순간 눈에 드는 표현을 발견했다. 브뤼셀 에테르베크 지구에 사는 스테파니 보쇼가 보낸 편지였다. 나이는 열여덟. 반듯한 글씨. 특별히 자기 이름에 있는 알파벳 'i' 위에 작은 점 대신 하트를 그려 놓았다. 이런 문장이 있었다. '스키를 타다가 추락 사고를 당한 뒤, 제 마음을 다시 따뜻하게 데워 준 건 구급차 운전사 분이 건넨 농담이었어요'.

거룩하신 스테파니! 나는 광고 방향을 잡았다. 나의 첫 번째 광고. 스테파니의 사진과 그녀가 한 말을 광고에 실을 생각이었다. '제 마음을 다시 따뜻하게 데워 준'이라는 문구 뒤에는 따뜻한 음료 이미지를 넣어 감성적인 면을 더 부각시킬 생각도 했다. 마침내 자크가 출근했고, 나는 대강 그려 본 광고 이미지와 '유럽 어시스턴스' 아래에 '휴가, 절대 혼자 떠나지 마세요.'라는 문구를 넣어 자크에게 보여주었다. 자크는 웃으며 잠바를 다시 걸쳤다, 좋아! 이제 내가 휴가 떠날 차례군.

광고는 2주 뒤 '르 수아르'와 '라 리브르 벨지크' 신문에 실렸다. 광고는 신문 5면 하단을 차지했다. 자크는 스테파니의 사진 촬영을 맡았고, 스키를 들고 서 있는 스테파니 뒤쪽 벽면에 겨울 휴가지에서 찍은 그녀의 사진들을 아주 공을 들여 압정으로 고정시켰다. 스테파니 보쇼는 자크가 셔터를 누를 때 긴장한 나머지 몸을 떨었다. 뭐 결국 긴장한 그녀의 모습이 오히려 이미지에 진실성을 더했다.

광고가 실리던 날, 나는 '르 수아르' 신문을 여섯 부나 샀고, 내 사무실에 애니 바숑이 들어왔다.

난 너의 암소야, 너의 살찐 암소, 날 잡아먹어, 날 어루만져 줘, 내 가슴을 빨아 줘, 나의 길쭉한 유두를 빨아 줘, 내 젖을 빨아들여, 내 보지도 빨아들여, 즐겨 봐, 네 페니스를 집어넣어, 날 꽉 채워 줘, 날 다 가져 가, 즐겨, 난 너의 암소야, 너만의 암소, 아 눈물이 나, 네가 원하는 대로 해 줘.

나는 애니 바숑의 마력에 이끌려 순식간에 그녀의 애인이 되어 버렸다.

어느 날 저녁 우리 둘은 사무실 밑에서 술을 한잔 마셨다. 그녀는 와인을 주문했고, 나는 커피를 주문했다. 그런 날 보며 그녀가 웃었다. 왜 아예 우유를 시키지 그랬어? 나는 얼굴이 빨개졌다. 그녀는 와인을 한 잔 더 시켰다. 우리는 건배를 했다. 그녀는 단숨에 잔을 비웠다.

애니 바숑은 솔직히 미인은 아니었다. 나이도 나보다 열 살이나 많았다. 날씬하지도 키가 크지도 않지만 남자들을 정신 나가게 만드는 뭔지 모를 매력이 있는 여자였다.

사무실에 있는 남자들 모두 애니 바숑에게 한 번씩은 프러포즈를 한 적이 있을 정도였다. 심지어 어떤 남자 고객은 그녀를 위해 자기 부인까지 버릴 수 있다고도 했고, 또 어떤 고객은 홧김에 최면제를 잔뜩 털어 넣기도 했다. 사무실 책상 위에 꽃다발이 놓여 있는 일도 종종 있었다. 그녀의 생일은 물론이고 세례명 축일까지도 그냥 넘어가는 법이 없었다. 그녀한테 애인이 셀 수 없을 만큼 많다는 소문까지 나돌았다. 경리 여직원들은 그녀 뒤에서 자기들끼리 색녀니 창녀니 하며 수군거렸다. 입에 담지 못할 욕을 지껄이기까지 했다. 잡년, 화냥년, 죽일 년, 옜다 얼음물이나 한 바가지 뒤집어써 버려! 애니 바숑은 보는 남자들마다 한눈에 빠져들게 만들었고, 부부관계를 끊어 놓고, 살인을 하거나 사랑에 빠지고 싶은 마음이 들게 만드는 여자였다.

그녀는 잔이 비자 아주 자연스레 물었다, 당신 집에 가서 할까 아니면 우리 집으로 갈까?

그녀 집에 들어서는데, 손에는 땀이 차고, 심장은 뭐든지 부숴 버릴 만큼 심하게 쿵쾅거렸다. 그녀는 불도 켜지 않고 그대로 방으로 날 이끌더니, 내 옷을 벗기고, 자기 품으로 날 격렬하게 끌어당겼다. 그녀 입에서 강물이 소용돌이치듯 한꺼번에 말이 쏟아져 나왔다, 난 너의 암소야, 너의 살찐 암소, 날 잡아먹어, 날 어루만져 줘, 내 가슴을 빨아 줘. 순간 나는 흥분하고 잔뜩 겁먹은 채 어쩔 줄 몰라 했고, 창피하기까지 했다. 그런데 갑자기 창피함은 온데간데없고, 어느새 그녀의 살갗에 도취돼, 그녀한테 있는 구멍이란 구멍에 모두 빠져들어 그녀의 체취를 느꼈다.

나는 양심도 없고 추잡한 놈이었다. 앞뒤 생각도 하지 않고 몸을 맡기고, 그녀가 하라는 대로 했다. 쾌락을 즐기고, 몸을 더럽히고, 그녀에게 복종했다. 흉악함으로 밤을 밝혔다. 그녀는 암소, 나는 새끼 돼지, 우리 둘은 그렇게 진창에 빠졌다.

더 이상 다시 발기가 되지 않을 정도로 나의 젊은 혈기를 모조리 다 써 버리고 나면, 그녀는 나를 그녀의 침대에서, 방에서, 집에서 쫓아냈다. 이제 꺼져, 그만 가. 그러면서 내게 열쇠 꾸러미를 던져주었다. 내 차 타고 가, 지금 나가면 택시도 없으니까, 어서 가, 꺼져, 꺼지라고. 주춤거리던 나는 문밖으로 나가, 밝은 밤 속으로 사라졌다. 그러고 나면 나도 수많은 그림자들 중 하나의 그림자에 불과했다. 그녀가 주차해 놓은 차를 찾기까지 시간이 좀 걸렸다. 운전대에 앉아 호흡을 가다듬고, 마음을 차분히 가라앉히기까지는 좀 더 많은 시간이 필요했다. 마침내 열쇠를 돌려 시동을 걸고 호텔까지 달렸다. 탁자 위에 모니크의 사진이 놓여 있는 호텔 방까지. 모니크가 내게 줬던 사진 — 열여섯 살 때, 머리에 커다란 밀짚모자를 쓰고 있는 모습이었다. 얇은 로라 애슐리 롱 원피스를 입었는데, 사진이 역광으로 찍히는 바람에 그녀의 탱탱한 젖가슴과 거무스레한 유륜, 흰색 초미니 면 속바지가 그대로 비치는 사진이었다.

모니크가 사진을 내게 건네며 이렇게 얘기했었다. 난 늘 당신 곁에 있을 거야.

맨 먼저 문을 연 빵집에서 빵 냄새를 풍기는 시간에 호텔로 되돌아왔다. 분명 모니크는 여전히 자고 있을 시간이었다. 파리 생 폴 거리에 있는 원룸에서 어쩌면 그 육상 선수의 품에 안긴 채 말이다. 아니면 보다 창백한 낯빛에 야리야리한 매력을 뽐내는 연극배우일 수도 있고. 나는 얼른 샤워기 물 아래 몸을 내맡겼다. 나의 손가락, 입술, 혀, 살갗의 이곳저곳에서 애니 바숑의 체취가 묻어 나왔다. 비누칠을 하고 헹구고 말렸는데도 체취가 그대로 남아 있었다. 내 몸에 주홍글씨가 찍힌 셈이었다. 발가벗은 채 침대에 누워, 손가락을 코끝으로 가져갔다. 또 다시 짜릿한 체취에 취해, 끈적거리는 쾌락과 똥, 피에 빠져들었다.

갑자기 두려웠다. 갑자기 다시 어린아이가 되어 연민과 용서로 가득한 엄마 품에 안기고 싶었다. 어디론가 도망치고 싶었다. 이 낯선 도시를 떠나고 싶었다. 매일같이 그녀와 마주치고, 이제는 그녀의 눈빛에서 나를 망가뜨린 기쁨과 나로 하여금 흉악한 나의 영혼과 손을 맞잡게 한 승리감을 매일같이 읽게 될 사무실을 떠나고 싶었다.

그러는 동안 뉴욕에서는 어느 가수가 끔찍한 병에 걸려 서서히 죽어갔다. 처음에는 세네갈이나 에티오피아 긴꼬리원숭이만 걸리는 병이라고 생각했다가, 나중에는 흑인들만, 또 나중에는 동성애자들만 걸린다고 생각한 병이었다. 우리는 아무 이야기에도 귀 기울이지 않았고, 아무것도 짐작하지 못했고, 클라우스 노미가 마지막으로 무대에 서기 위해 스스로 주사를 놓아야만 했다는 것도 몰랐다. 아무 소리도 듣지 못한 채, 콘돔도 금기도 도덕도 없이 귀먹고 눈먼 암소와 새끼 돼지 둘은 그저 교미를 계속할 뿐이었다.

우리는 섹스를 했다.

비록 보비와 덤보의 말년은 불우했을지라도, 두 사람이 한 말은 맞는 말이었다. 우리가 인간을 치유할 수 있었다.

그렇게 하기로 마음만 먹는다면.

나는 비열하고 미친한 남자가 되고 싶지 않았다. 아내는 파리에, 애인은 브뤼셀에 두고 사는 얼간이가 되고 싶지 않았다. 두 여자 사이에서 바보 같은 인생을 살고 싶지 않았다. 거짓말, 음모, 알리바이가 싫었다. 더 이상 그렇게 살고 싶지 않았고, 결국 두 여자 모두와 헤어지기로 결심했다. 아, 어쩔 수 없는 덤보의 아들이군, 비겁함을 물려받은 작디작은 남자!

하지만 인생은 나름의 의견을 내놓는 법.

나는 흰색 푸조 경차를 한 대 샀다. 경쟁사에서 나를 스카우트하려고 했고, 마이클 골드스틴은 이직하지 않고 계속 다니면 월급을 올려 주겠다고 했다. 인생은 내가 힘겹게 내린 결심을 가볍게 무시하고, 나를 계속 애니 바송 옆에 머물도록 했다. 결국 나는 모니크를 만나 이혼 얘기를 꺼낼 수밖에 없었다.

모니크와 나는 파리 생 루이 섬에 있는 아이스크림 가게 베르티용에서 만났다. 우리가 서로 못 본지 벌써 두 달이 지나 있었다. 그 사이 모니크는 머리카락도 짧게 자르고, 아이섀도 색도 짙어져 있었다. 계속 장 아누이의 '안티고네' 작품만 여러 번 하고 있어, 그녀가 말했다. 그 사이 살이 많이 빠진 그녀의 모습을 보니, 나도 모르게 아즈나부르의 라보엠 가사가 떠올랐다, '우리는 마주한 카페에 앉은/사람들 중 한 사람이었지/영광을 기다리는/굶주린 배를 움켜쥔 채/제 아무리 초라할지라도/우리는 끝까지 믿었어'. 내 눈엔 모니크가 창백해보였고, 그녀 눈엔 내가 말끔해보였다. 나는 여전히 남아 있는 암소의 체취 때문에 양손을 잠바 주머니에 그대로 넣고 있었다. 모니크가 화이트와인을 주문했다. 그녀가 술 마시는 모습을 본 게 그때가 처음이었다. 이제 술도 마시나 봐 하고 한마디 하자, 모니크가 대답했다.

– 중요한 순간이잖아, 우리가 서로에게 할 말이 있으니까.

여자의 타고난 직감으로 벌써 곧 들이닥칠 재앙을 예견한 걸까? 모니크도 결단을 내린 건가? 내가 짐작하고 있는 일을 털어놓으려는 건가? 육상 선수나 연극배우에 대해 털어놓으려는 건가? 이런저런 생각을 하고 있는데 주문한 화이트와인과 레드와인이 나왔다. 건배, 그녀가 말했다, 당신 먼저 얘기해 봐.

내가 얘기를 꺼냈다.

우리 두 사람의 결혼은 잘못된 거라고, 내가 애정이 식었다고, 우리 둘은 지금껏 단 한 번도 제대로 부부였던 적이 없다고, 우리는 가는 길이 다르다고, 파리와 브뤼셀이 서로 떨어진 거리가 무려 300킬로미터라고, 그녀의 원룸과 나의 호텔 방 사이의 거리. 나는 이제 책을 쓰지 않고, 모니크도 벌써 연극에 지쳐 있는 것 같다고. 나의 고독, 브뤼셀에서의 독신 생활, 내가 느끼는 유혹, 모니크가 즐기는 파리의 자유, 모니크의 가능성.

이야기를 줄줄 내뱉었다.

그때 모니크가 내 말을 가로막았다. 단 두 마디 말로. 총알 두 발이 날아왔다.

– 나 임신했어.

우리 딸은 13개월 뒤에나 태어났다.

기나긴 임신 기간 동안 나는 르노 9 광고도 만들고, 일간지 르 수아르 광고도 만들었다. 페리 회사 씨링크 광고 문구도 쓰고, 유럽 어시스턴스의 다음 광고까지 맡았다. 우리는 광고 관련 상도 수상했다. 마이클 골드스틴은 뛸 듯이 기뻐했다. 그리고 애니 바숑은 나를 가졌을 때만큼이나 쉽게 나를 버렸다.

나에겐 정중하게 이별 인사를 할 기회도, 술 한 잔 할 기회도 없었다. 어느 날 저녁, 냉기가 감도는 사무실 주차장에서 들은 몇 마디가 전부였다. 이젠 너랑 섹스해도 아무런 느낌이 없어. 내가 이의를 제기할 시간도, 가식적으로라도 실망한 표정을 내보일 시간도 주지 않고, 애니 바숑은 차에 올라타 시동을 걸고 사라졌다. 나는 그 자리에 멍하니 서 있었다. 화가 나면서도 왠지 모르게 마음이 놓였다. 어쨌거나 내가 그녀를 떠나고, 헤어지면서 남자답게 몇 마디 하고 싶었지만 그녀는 그런 기회조차 주지 않았다. 애니 바숑은 남자들을 빨아들여 삼켰다가 다시 내뱉었다. 우리는 그저 그녀의 '섹스 토이'이자 강장제일 뿐이었다. 우리는 그녀에게 구명 튜브와도 같았다. 어둠을 비추는 빛이었다. 4년 뒤 그녀가 죽고 나자, 그녀의 딸이 내게 연락을 해왔다. 내 이름도 애니 바숑의 수첩에 적힌 497명에 달하는 다른 남자들 이름 중 하나였으니까. 존재도 몰랐던 딸이 수화기 너머로 자기 엄마가 에이즈 합병증인 폐렴으로 사망했다는 소식을 전하는 순간, 내 가슴이 무너지는 것 같았다. 어느 아침, 겁쟁이들의 모습을 감쪽같이 감추는 새벽 어스름 때 에이즈 진단 검사를 하러 병원에 들를 때도 나는 그녀를 원망하지 않았다. 나의 두 딸이 장난치며 내가 자기들 중 한 명이나 둘 다한테 나쁜 피를 물려준 건 아니냐고 묻는 모습을 보고 있던 순간에도 나는 그녀를 원망하지 않았다. 나는 그저 우리 둘만이 느꼈던 사랑의 순간들을 떠올렸다. 그러자 우리의 살갗이 부딪치며 났던 소리가 다시금 떠올랐다. 고기를 연하게 하려고 두드릴 때 나는 소리와 닮았던 그 소리. 고통스레 소리 질렀던 순간도 떠올랐다, 이제 그만 가 버려, 꺼져, 꺼지라고. 바로 그 순간, 현관문이 철컥 하고 닫힌 뒤 감돌던 정적 속의 고독과 그녀의 거친 영혼 안으로 빠져들며 그녀가 냈던 갈라지는 목소리.

기나긴 임신 기간 동안 모니크는 여전히 장 아누이의 '안티고네' 역할을 버리지 못했고, 몰리에르의 '학식을 뽐내는 여인들'의 질투심 많은 아르망드 역과 클로델의 '비단구두'의 주인공 도나 프루에즈, 심지어 라비슈의 '셋 중 가장 행복한 남자'에 등장하는 에르망스 역까지도 했다.

더 이상은 버틸 수 없었던 모니크는 꼭 다시 돌아오겠노라고 마음속으로 다짐하며 결국 파리를 떠났다. 그녀는 내가 있는 브뤼셀로 왔고, 나는 호텔 방에서 나왔다. 그렇게 우리 둘은 포세 오 룹 거리에 방을 하나 구했다. 모니크가 아이스크림 가게에서 임신 했다는 말을 하고 7개월이 지나서야, 그녀의 배가 눈에 띄게 불러오고 가슴도 커졌다.

- 아이를 원하니? 내가 덤보에게 모니크의 임신 소식을 전하자 그가 물었다.

- 아이가 기적을 만들어낼 수도 있겠다고 생각했어요.

- 기적이라니, 무슨 기적?

- 모니크와 내가 다시 합치는 거요.

- **그건 자식이 이루어 낼 수 있는 기적이 아니야.**

그때 무슨 소리가 들렸다. 잠시 뒤 수화기 너머로 안느 아나의 목소리가 들려왔다. 아버지가 좀 피곤하다시네.

그날 날씨가 엄청 무더웠다.

모니크는 거의 출산이 임박한 상태였고, 몸무게가 17킬로그램이나 늘었다. 사무실에 있는 나에게 전화를 해서는 퇴근길에 마트에 들러 선풍기를 한 대 사오라고 했다. 나는 일이 손에 잡히질 않아서 결국 일찍 퇴근했다.

바깥의 정적에 순간 어리둥절했다. 길거리마다 온통 쓰레기 천국이었다. 약탈당한 뒤 텅 빈 도시 같았다. 정말로 지나가는 차도 한 대 없고, 카페테라스도 텅 비어 있었다. 거리 곳곳에 맥주 캔과 신문, 기름 묻은 종이, 시뻘건 종이, 찢어진 흑백 줄무늬의 종이 깃발, 햄버거 포장종이가 널브러져 있었다. 도시는 지저분하고 고요하고 위험했다.

나는 얼른 구멍가게에 들어가 선풍기를 샀다. 가게에는 손님 둘이서 축구경기에 대해 이야기하고 있었다. 넌 안 가? 제정신이냐, 거기 가면 술꾼들만 득실거리잖아, 괜히 싸움판에 휘말리고 싶지 않아!

모니크는 작은 소파에 누워 뒹굴고 있었다. 이마에 땀이 송글송글 맺혀 있었다. 나는 들어가자마자 선풍기를 작동시키고, 차가운 물 한 잔을 모니크에게 가져다줬다. 모니크가 필요할 만한 것들을 모두 챙겨준 뒤 TV를 켰다.

그날 저녁 브뤼셀 헤이젤 스타디움에서 유럽챔피언스컵 결승전이 벌어졌다. 잉글랜드 리버풀 FC와 이탈리아 유벤투스 FC의 경기였다.

그날 오후 7만 명에 달하는 시민들이 최고의 매치를 보겠다며 경기장으로 향했다.

하지만 그들이 본 건 관중석에서 깔려 죽은 사람 39명과 무려 600명에 달하는 부상자였다. 정말로 불명예스러운 일이었고, 한순간에 벼락 맞은 도시가 돼버렸다.

병적인 정적으로 뒤덮인 브뤼셀 시내를 밤새 사이렌 소리가 헤집었다.

뉴스 화면에는 끔찍한 장면들 위로 속보를 알리는 내용들이 이어졌고, 의사와 약사들에게 긴급구호 요청과 예비역 군인 소집 요청도 뒤따랐다. 추가 사망자 발생을 피하기 위해 끝내 재개된 경기에서는 미셸 플라티니가 페널티킥으로 결승골을 넣었다.

그날 밤, 브뤼셀은 그야말로 전쟁터였다. 사태 해결에 동원된 군인들이 잉글랜드 서포터들을 항구까지 쫓아냈고, 경찰들은 이탈리아인들을 기차역까지 경호했다.

그날 밤, 벨기에는 비탄에 잠겼고, 이튿날 아침이 되었을 때, 벨기에인들은 더 이상 아무 말도 하지 않았다.

바로 그날 아침, 슬픔에 잠긴 도시에서 우리 딸 마틸드가 세상에 태어났다.

나는 모니크의 질구멍이 커진 모습을 보고 깜짝 놀랐다.

머리 하나가 통과할 수 있을 정도였다. 나는 거의 기절할 뻔했다. 그 순간 모리스 퐁의 원조 작품격인 『로사』의 주인공 로사의 성기가 벌어진 모습을 떠올렸다. 그녀의 질구멍으로 병사부터 포병, 기술병, 보병, 해군 중장, 소위 후보생, 기지 사령관, 기갑병, 경기병, 심지어 말라르라는 대위까지 통과했다. 딸이 태어나는 순간은 여러 책에서 묘사된 아름다운 순간과는 거리가 멀어도 한참 멀었다. 모니크는 소리를 내질렀고, 모니크가 내 손을 하도 꽉 쥐는 바람에 내 새끼손가락이 부러지는 줄 알았다. 아기를 밀어낼 때마다 그녀 얼굴은 꼭 그대로 폭발할 것만 같았다. 조산사가 옆에서 힘을 북돋았다, 힘 줘요, 힘 줘요, 좋아요, 잘하고 있어요. 그러면서 격렬한 접전 상황에서 눈앞에 공을 두고 있는 럭비 선수처럼 시커먼 구멍 앞에 양손을 벌리고 있었다. 아름다운 건 눈을 씻고 찾아봐도 없었다. 이물질이 덕지덕지 붙은 머리가 보였다. 눈꺼풀은 퉁퉁 부어 있고, 꼭 몇 대 얻어맞은 아이처럼 눈 밑은 시퍼렜다. 모니크는 계속 고함을 질렀고, 이제 그만 하고 싶다고, 죽고 싶다고 했다. 머리가 나왔어요, 거울 갖다줄까요, 한번 볼래요? 분만실은 군대 없는 전쟁터와 같은 곳이다. 상상을 초월하는 어마어마한 고통이 있는 곳. 미국 작가 셀비 주니어는 남자들이 고통의 정도를 알 수 있게 굳이 비유를 하자면 '수박만 한 똥을 눈다'고 생각해 보면 될 거라 했었다. 어깨가 빠져나올 때, 가장 고통스러울 겁니다, 조산사가 계속 힘을 북돋았다, 정말로 거울 없어도 되겠어요? 이제 아기를 꺼낼 거예요, 내가 도와줄게요, 호흡해요, 좋아요, 아주 좋아요, 아주 좋아요. 그 순간 모니크가 눈을 뜨더니 나를 쳐다보았다. 나는 그녀의 겁에 질린 눈빛에 대고 어떤 말도 어떤 몸짓도 할 수 없었다. 모니크는 거의 정신을 잃었다. 땅으로 꺼지더니 사라졌다. 이전에 느꼈던 기쁨들, 조금씩 사람 형태를 닮아가는 태아의 모습, 첫 발길질 할 때 뱃살 위로 동그랗게 튀어나오던 모습, 아이와 함께 이루는 꿈같은 인생, 이 모든 것들이 분만의 고통 앞에서는 아무 소용없었다. 마틸드가 그 모든 것을 몰아냈다. 나는 밖에 있는 간호사를 발견하고는 입모양으로 말했다. '아내가 – 이상 – 해요 – 도와 – 주세요'. 간호사는 나를 보고 씨익 웃고는 어깨를 살짝 으쓱해 보였다. 나 역시 아무것도 아닌 일에 당황하고, 자기 아이가 태어나는 일이 세상에서 가장 위대한 사건이라 생각하는 초보 아빠들 중 하나였다. 하지만 세상에는 매년 75만 명의 아이가 태어난답니다, 선생님 아이처럼 말이죠, 그러니 괜한 걱정 마세요. 순간 모니크의 숨이 끊긴 것 같아 보였다. 그때 조산사가 외쳤다, 받았어요! 조산사는 마틸드를 양손에 받아, 불빛 쪽으로 높이 들었다. 그러자 이번에는 마틸드가 딸꾹질을 하더니 으앙 하고 울음을 터뜨렸다. 공주님이에요, 예쁜 공주님이요. 그러고는 마치 유해 위에 꽃을 올리듯 마틸드를 모니크의 가슴 위에 올렸다. 이제 가족끼리 인사를 나눠요. 간호사와 조산사는 분만실 조명을 어둡게 낮춰 주고는 밖으로 나갔고, 마침내 이 세상에서 처음으로 우리 세 식구만 모인 순간이 왔다.

아기는 정상이야? 모니크가 하도 고함을 질러 대느라 기진맥진해져 쉰 목소리로 물었다. 나는 딸의 몸을 살피며, 팔다리가 두 개씩 있는지, 양손에 각각 손가락이 다섯 개씩 있는지 세어 보았다.

— 얼굴, 얼굴도 한번 봐, 모니크가 말했다.

나는 침대를 한 바퀴 두르며 딸의 얼굴을 살폈다. 매력적인 입과 도톰한 입술이 눈에 들어왔다. 눈꺼풀은 찢어진 양막에 싸인 채, 갑자기 마주한 강렬한 빛에 겁을 먹어 꼭 닫혀 있었다. 두상도 예쁘고, 사랑스럽게 생긴 코에도 별 이상이 없어 보였다. 정상이야, 나는 나지막이 속삭였다, 그리고 예뻐. 그러자 모니크의 두 눈에 눈물이 차오르더니 뺨을 타고 눈물이 흘렀다. 그제야 모니크는 두 손으로 마틸드를 쓰다듬었고, 옆에서 나는 내 아내와 내 딸, 두 사람을 빤히 바라보았다. 모니크의 따뜻한 손길이 마틸드의 두려운 마음을 가라앉혀 주었는지 마틸드의 입가에 미소가 번졌다. 살아남은 자의 미소였다.

엄마가 브뤼셀에 와서 3주 동안 머무르셨다.

손녀딸과 인사를 나누고, 아기를 돌볼 때 누구나 하는 것들을 똑같이 하셨다. 흔들어 재우기, 기저귀 갈기, 베이비오일을 양손에 발라 이리저리 마사지하기. 엄마가 어린애같이 말하고, 오래 전부터 할머니들이 해 왔던 진부한 표현을 쓰는 모습도 그저 지켜보았다. 아기들한테 쓰는 알 수 없는 요상한 말들 말이다. 나는 그 모든 모습들을 바라보며, 우리가 자라면서 잃는 것들을 떠올려 보았다. 이제는 더 이상 품 안에 쏙 들어가지 않을 정도로 커진 몸집의 크기를 재 보았다.

우리가 아주 어릴 땐, 양팔을 쭉 뻗어도 그 길이가 우리를 안아주는 이들의 심장에 겨우 닿을 정도이지만, 어른이 되고 나면, 양팔은 훨씬 더 먼 곳까지 가서 닿는다.

엄마가 손녀딸을 보고 웃는 모습에 어릴 적 발랑시엔의 노란 부엌에 울려 퍼졌던 웃음소리가 떠올랐다. 모든 것이 정해지기 전이었던 시절의 웃음, 변함없는 마음과 사랑, 남동생을 낫게 해 줄 약까지도, 그 어떤 것도 여전히 가능했던 어린 시절의 웃음 말이다.

하지만 어느 날 폭풍우가 휘몰아치고, 잘못된 만남이 이어지며 우리의 인생은 기울고 말았다.

나는 광고 일을 다시 시작했다. 마이클 골드스틴은 살을 빼기로 마음먹었다고 했다. 금주의 허전함을 새롭게 출시된 코카콜라 라이트로 대신했다. 이런 희생에도 불구하고 허리둘레는 그대로인 채 그의 기분만 우울해졌다. 자크 코웨는 종합검진을 받았다가 심장이 좋지 않다는 진단을 받았다. 그는 겁을 먹고, '끔찍할 만큼' 스트레스가 쌓이는 광고 일을 그만두기로 결심하고는 사직서를 내고 자기 고향으로 돌아갔다. 관광안내소에 자리를 하나 얻어 예쁘고 작은 마을 왈론 브라반트를 멋지게 소개하는 브로슈어와 이런저런 리플릿을 구상하는 일을 맡았다. 산책하기 좋은 길부터 하루 종일 말을 탈 수 있는 곳, 멋진 언덕, 아늑한 생활환경까지.

애니 바숑은 6주 동안 휴가를 다녀왔다. 우리 둘은 거의 말을 하지 않았다. 해 봤자 겨우 인사가 전부였다. 그것도 아니면 눈을 마주치는 정도였다. 게다가 늘 고개를 먼저 숙이는 쪽은 나였다. 몇 년 뒤 샤넬 No.5 향수 광고에 카롤 부케가 등장해 연인에게 하는 말을 들었다. '당신은 내가 싫지? 말해, 내가 싫다고 말해, 그것도 아주 많이. 실은 난 당신을 증오하거든. 사랑해서 죽을 만큼 당신을 증오해……' 그 대사를 듣는 순간 바로 내가 애니 바숑에게 하고 싶었던 말이라는 생각이 들었다.

나는 그녀 안에서 방황했고, 그녀는 나를 다시 바라볼 생각이 전혀 없었다. 그녀는 마음의 문을 걸어 잠근 채 내가 그저 그녀의 육체를 둘러싼 벽에 부딪치도록 내버려 두었다. 나는 그녀를 잃은 게 아니었다. 길을 잃은 거였다.

나는 모니크와 딸을 데리고 파리로 돌아가기로 결심했다. 우리에게 또 한 번의 기회를 주기로 결심했다. 나는 내 생각을 믿고 싶었다. 아이가 우리 두 사람을 다시 하나로 합쳐 줄 거라는 생각. 덤보, 당신에겐 미안하지만요.

엄마는 떠나기 전날, 새로 만난 사람이 있다고 털어놓으셨다.

그해, 르네 벨레토가 『지옥』을, 마르게리트 뒤라스가 『노르망디 해안의 매춘부』를 출간했고, 『장미의 이름』이 영화로 만들어졌다.

한편 내 작품은 개인용 컴퓨터 코모도르 64가 잘 팔릴 수 있게 하는 광고 문구부터 르노 11 TXE 출시 홍보용 광고 포스터에 들어갈 일련의 문구들로 채워졌다. 르노 11은 말하는 컴퓨터 기능이 탑재된 업계 최초의 자동차였다 — 말하는 컴퓨터는 운전자에게 끊임없이 명령을 내렸다. 그것도 썩 호감 가지 않는 목소리로 말이다. '문이 제대로 닫히지 않았습니다.', '안전벨트를 착용하세요.', '연료가 부족합니다.', '오일 교환이 필요합니다.' 에이전시 사람들끼리 괜히 농담을 주고받았다. 말하는 컴퓨터가 얘기할 만한 엉뚱한 말들을 생각해 보았다. '옆자리에 탄 여성 허벅지에서 손 떼.', '불알 그만 긁어.', '콧구멍 그만 후벼.'

그해, 프랑스 사람 2백만 명이 영화 〈세 남자와 아기 바구니〉를 보고 웃었고, 반대로 수백만 명의 사람들이 체르노빌 원전 폭발 사고로 벌어진 최악의 피해가 기적적으로 프랑스 국경 근처에서 멈춘 사실에는 전혀 웃질 못했다.

그해, 엄마는 릴 신학 대학 강의실에서 자비에 랑글레를 만났다. 그는 원래 신학교 과정을 몇 년간 밟고도 간절히 바란 신의 부름을 여전히 듣지 못해 난처해하던 신학생이었다. 그는 더 이상 참지 못하고 결국 인류의 요람인 아프리카로 떠났다. 꼬박 2년을 말리에서 지내며, 아라오유안 북쪽 사막의 뜨겁게 불타는 땅을 파, 물이 샘솟는 우물을 만든 뒤에, 부르키나파소의 텐코도고 북쪽 지역에 있는 학교에서 프랑스어 문법을 가르쳤다. 아비장 근교에서 오토바이 사고를 당해 오른쪽 다리를 잃기도 했다. 그가 탔던 오토바이가 1972년 형 BSA 로켓 3 모델이었다는 얘기를 듣고, 내가 랑글레의 별명을 '랑글래'*라고 붙이자 여동생은 역시나 사람을 기분 좋게 하는 칭찬을 빠뜨리지 않았다. 오빠는 정말 언어에 소질이 있다니까. 그는 '한 발로' 프랑스로 돌아와 여러 차례 교수 임용 시험을 치렀고, 마침내 릴 신학 대학에 현대 회의주의 과목 교수직을 얻었다. 강단에서 피론의 회의주의와 키케로의 『신에 관하여』, 미누시우스 펠릭스의 『옥타비우스』 등에 나오는 신앙 절대주의를 가르쳤다. 이러한 주제들이 우리 같은 미천한 인간들에게는 아주 난해한 이야기처럼 들릴지 몰라도, 랑글래와 엄마에게는 깊이 알고 싶은 이야기였다. 참 특별한 사람이야, 언변이 정말 뛰어나, 엄마가 말했다. 엄마는 이미 단단히 마음을 빼앗긴 것 같았다. 눈을 반쯤 감고, 호교론적 회의주의와 아프리카의 모래 바람, 영국산 오토바이 엔진의 요란한 소리를 떠올렸다. 랑글래는 그녀의 솔랄**이자 개츠비였다. 엄마가 덤보에게 느꼈던 환멸감은 자크 앙크틸 트랙슈트들과 함께 저 멀리 날아가 버렸다. 당시 엄마 나이가 마흔다섯 살이었고, 엄마는 인생의 두 번째 기회를 꿈꿨다. 엄마가 시선을 낮췄다. 한쪽 다리가 텅 빈 바지를 보면 여전히 충격적이야, 엄마가 중얼거렸다, 그렇지

● 프랑스어로 'l'Anglais'는 '영국사람'이라는 뜻. 오토바이 회사가 영국 회사라는 점에 착안해 '랑글레(Lenglet)'라는 성과 같은 발음이 나는 단어를 별명으로 붙임.
●● '솔랄'은 프랑스 작가 알베르 코앵의 〈영주의 애인〉이라는 작품에 등장하는 남자 주인공으로, 부하직원 부인과 치명적인 사랑에 빠져 자신의 모든 것을 버리고 마는 인물.

만 또 금세 잊어버리지, 저 사람한테 네 얘기를 들려줘, 네가 하는 일에 대해서 말이야, 관심 있어 할 거야, 젊은이들을 좋아하고, 모든 일에 호기심이 많은 사람이거든. 엄마 목소리가 살짝 갈라졌다. 엄마는 그 사람이 그저 좋은 사람이기를, 자신을 영원토록 행복하게 해 줄 사람이기를 바랐다.

하지만 인생이란 잔인한 법이다.

— 처음 만났을 때 잘 아는 사람 같은 느낌이 들었어, 랑글래가 날 보고 말했다. 자네한테 마틸드라는 사랑스러운 딸이 있고, 자네 아내는 배우가 되고 싶어 하고, 자네는 광고업계에서 알아주는 카피라이터라는 것도 알고 있네. 하지만 무엇보다 자네가 원래 작가라는 것도 알고 있지.

그 순간 내가 엄마를 흘깃 보았더니, 엄마는 얼굴이 발그레해지며 얼른 고개를 숙였다.

— 나도 글을 쓴다네. 나는 생 코르동의 노트르담에 관해 소논문을 썼지.

1008년도에 페스트가 발랑시엔을 덮쳤고, 희생자 수가 어마어마했다. 단 며칠 만에 8천 명의 목숨을 앗아갔다. 살아남은 사람들은 눈물을 흘리며 성모 마리아상이 있는 제단 주변을 에워쌌다. 사람들의 모습에 감동한 성모 마리아는 1008년 9월 7일, 암흑이 드리운 그곳에 광명의 빛줄기를 내려 주었다. 꿇어앉은 만 5천 명의 증인들 앞에 성모 마리아가 모습을 드러낸 것이다. 마리아는 양손에 진홍색 끈을 들고 나타나, 도시 전체에 끈을 둘러 악마의 페스트균이 들어오지 못하게 지켜 주었다.

랑글래는 두 번째 소논문 집필도 끝낸 상태였다. 이번에는 막시밀리안 콜베에 관한 논문이었다. 막시밀리안 콜베는 1941년 8월 14일, 아우슈비츠 수용소에서 어느 가장을 대신해 자신의 목숨을 바친 성프란체스코회의 수도사였다. 이 수도사는 4년 전 교황 요한 바오로 2세에 의해 성인으로 추대되었다.

– 아무나 할 수 없는 덕행이지, 랑글래가 낮게 읊조렸다.

나는 고개를 끄덕였다. 그 순간 머릿속에 보비가 떠올랐다. 치유에 관한 우리의 희망이 떠올랐다.

– 책을 쓰면서 내 도움이 필요하면, 기꺼이 도와주겠네.

엄마가 나를 바라보았다. 엄마 얼굴에 환한 미소가 번졌다. 엄마는 행복했다. 엄마가 나에게 아버지를 선물했다. 작가이자 교정자, 인도자를 선물했다.

우리는 파리로 돌아와, '안 좋은 동네'로 알려진 17구 푸셰 거리에 작은 방 두 개짜리 집을 빌렸다. 집 바로 아래층에 독주를 파는 가게가 있었다. 가게 주인은 평소에 자기가 파는 술보다도 술을 더 많이 마시는 술꾼이었지만, 어쩌다 잠깐 정신이 멀쩡할 때, 우리가 동네 사람 중에 마틸드를 돌봐 줄 사람을 찾고 있다는 얘기를 듣고 자기 여동생을 소개시켜 주었다.

여동생은 성실해 보였고, 뒤비비에 감독 영화 〈살의의 순간〉에 나오는 다니엘 들로르므와 닮은 모습이었다. 조용조용 이야기하고, 행동도 차분하고, 입 냄새도 상쾌했다. 매니큐어를 칠한 양손에 추천서 몇 장을 들고 있었다. 나는 기대에 찬 눈빛으로 모니크 쪽으로 고개를 돌려 쳐다보았다. 모니크는 천천히 어깨를 으쓱하더니 나지막이 물었다, 우리 딸이 좋으세요? 그러자 조제 부인은 아주 온화한 미소를 지어 보였다. 내가 마틸드를 좋아하는지 아닌지는 아직 잘 모르겠지만, 분명한 건 내 마음속에 마틸드를 위한 자리를 비워 뒀다는 거예요, 조제 부인이 대답했다. 그렇게 조제 부인은 곧장 그 다음 날부터 우리 딸을 돌보게 되었다.

모니크는 온종일 방에 처박혀 지냈고, 나는 파리 광고 에이전시에 보낼 이력서를 작성하느라 바빴다. 카피라이터나 그것도 아니면 심부름꾼, 커피 타는 사람, 바닥 청소부, 무슨 일이라도 좋으니 면접 볼 기회라도 얻어 볼까 했다. 매일 아침마다 층계가 좁은 계단을 네 단씩 성큼성큼 뛰어 내려가, 서둘러 우편함을 열어 보았지만 그때마다 텅 비어 있었다.

몇 주 전, 마이클 골드스틴에게(그는 결국 코카콜라 라이트를 버리고 맥주가 주는 기쁨을 되찾았고, 자기가 살찐 모습을 편안하게 받아들였다 ─ 발루*를 보고 어쩔 줄 몰라 하는 여자들도 있잖아 라고 버릇처럼 얘기했다 ─) 사직서를 내밀었을 때, 그가 나한테 경고했었다. 파리는 여기 같지 않아, 건방진

---

* 디즈니 만화 〈정글북〉에 '갈색곰 아저씨'로 등장하는 캐릭터.

놈들만 있다고, 자기들과 다르거나, 자기들 손에서 나온 게 아닌 건 다 형편없다고 생각하지, 프랑스 남자들이 예전부터 벨기에와 관련된 농담을 하면서 우리를 바보로 만든 거 알고 있잖아, 우리도 프랑스 남자들에 대해 하는 농담이 딱 하나 있지, 왜 프랑스 여자들은 가슴은 작고 젖꼭지는 클까? 나는 빙긋이 웃으며, 잘 모르겠다는 표정을 지었다. 프랑스 남자들이 손은 작고 주둥이만 살아 있어서 그렇지. 나는 웃음을 터뜨렸다. 잠시 뒤 마이클 골드스틴은 다시 진지한 표정을 지었다. 자네는 그 사람들이랑 맞지 않아, 그냥 여기 있어, 그 사람들이랑 일하기에는 자네 실력이 너무 뛰어나다고, 그 사람들이 만들어 놓은 광고 한번 봐, 르노 9 광고에서 자동차 위에 박아 놓았다는 문구가 고작 '도로 위의 스타'이지 않나, 그런데 자네는 자동차를 만드는 로봇들이 말을 하는 광고 아이디어로 상까지 받은 몸이잖아, 자넨 그런 놈들과는 수준이 다르다고, 돈이 더 필요하면 더 줄게, 받고 싶은 금액을 얘기해 봐. 그는 맥주 병뚜껑을 새로 또 하나 땄다. 그리고 나도 알아, 자네랑 애니 관계에 대해 모두들 알고 있어. 그는 맥주를 한 모금 마셨다. 나도 애니랑 잤어, 하지만 난 살찐 늙은이이니까 나한테는 선물이나 다름없었지, 그런데 자넨 아주 젊고 애도 있고 하니, 그 일이 자네한테 얼마나 괴로울지 알아, 하지만 그럴 필요 없어, 자네가 애니 때문에 떠나는 거라면, 그건 좋은 생각이 아냐. 나는 아무 말도 하지 않았다. 그러자 그는 남은 술을 천천히 비우더니, 손으로 입술을 쓱 닦고 다시 말을 이었다. 애니가 자네를 위해 떠나겠다고 해서 내가 그러라고 했어. 순간 내 심장이 터질 것 같았고, 양손이 부들부들 떨렸다. 그러니까 성인들의 세계는 역시 그런 거였다. 어른들의 세계. 덤보는 그런 걸 내게 가르쳐 준 적이 없었다. 철학과 미술사, 회계를 가르쳐 준 교수들도 그런 건 내게 가르쳐 주지 않았다. 내가 읽은 책에도 나와 있지 않았다. 고메즈-아르코스도, 바르자벨도, 사르트르도 그런 얘기는 하지 않았다. 어느 한 사람의 재능은 늘 다른 사람의 재능을 망치는 법이라는 사실을. 마이클 골드스틴은 날 지키기 위해 애니 바송을 버릴 준비를 마쳤던 거다. 나는 얼굴을 양손으로 감싸고, 마치 증표처럼 내 손가락에 여전히 남아 있던 그녀의 체취를 느꼈다. 그 순간 그녀의 목소리가 들리는 것 같았다, 날 빨아들여, 네 페니스를 집어넣어, 날 꽉 채워 줘, 날 다 가져 가, 즐겨 봐. 어느새 내 눈에 눈물이 차올랐고, 그 모습을 본 마이클 골드스틴이 내 무릎을 지그시 눌렀다.

– 자네 마음이 어떤지 나도 알아.

마이클 골드스틴은 우리가 자주 모였던 푸셰 거리에 있는 작은 술집 '셰 리샤르'에서 환송회를 성대하게 열어 주었다. 환송회는 새벽까지 이어졌다. 다들 이미 술에 잔뜩 취해 있을 때쯤 애니 바송도 환송회 자리를 찾았다. 그날 밤 그녀는 정말 아름다웠다. 그녀의 웃음소리는 감미로운 선율이었고, 자기만의 매력으로 남녀 할 것 없이 모든 사람들을 매료시켰다. 커다란 테이블에 둘러앉은 사람들

중에 그녀의 마음속을 헤집는 악마의 불을 끄고, 그녀가 환각과 싸울 수 있도록 도와주기 위해 그녀의 침대에 제 발로 끌려간 사람들이 여럿 있다는 것을 잘 알면서도, 나는 우리 둘 사이에 무언가 특별한 게 있었다고 믿고 싶었다. 비록 그게 사실이 아니었다고 해도.

그때가 내 인생에서 그녀를 마지막으로 본 날이었다. 그 뒤 4년이 채 지나지 않은 시점에, 전화벨이 한번 울렸다.

조제 부인은 마틸드와 금세 잘 지냈다. 게다가 모니크까지 챙겨주었고, 그 덕분에 모니크가 방 밖으로 나오게 되었다. 조제 부인은 모니크가 딸과 친해질 수 있게 도와주었다. 한번은 그녀가 말했다, 두 사람이 서로에게 길들여질 수 있게 해 주고 있어요, 어린 왕자와 사막여우처럼 말이에요. '그러나 만일 네가 나를 길들인다면 우리는 서로 필요하게 될 거야. 넌 나에게 이 세상에서 단 하나의 유일한 존재가 되고, 나도 너에게 이 세상에서 유일한 존재가 될 거야.'

이따금 광고 에이전시에서 타자로 친 편지를 받기도 했다. 모두 내 지원을 거절한다든가 하는 내용이 담긴 편지였다. 결국 나는 덤보에게 연락했고, 덤보는 몇 천 프랑 정도는 도와줄 수 있지만 그 이상은 어렵다고 했다. 내가 회심의 전략으로 새로운 물건을 들여놓았는데도 가게가 잘 안 되네, 작업복 말이다, 최고 브랜드들만 갖다 놓았거든, 아돌프 라퐁, 뮈젤 뒤락, 소노르코, 그런데 에두아르, 문제는 요즘 일자리가 없다는 거야, 대형 마트가 전부 엉망으로 만들어 놨어, 더 이상 일이 없으니 작업복도 필요 없지, 아무것도. 내 심장이 꽉 조여 왔다. 덤보는 이제 더 이상 비상하지 못할 게 뻔했다.

한편 클레르는 왕자님을 만났다.

내가 기다리던 남자야. 클레르가 그 남자 사진을 보여줬다. 조 다생보다 아바의 금발 멤버 베니 안데르손을 닮은 모습이었다. 정말 친절해, 클레르가 말했다. 세상에, 내가 좋아하는 영화를 그 남자도 좋아하는 거 있지? 〈세자르와 로잘리〉, 내가 중얼거렸다. 맞아, 로미 슈나이더가 출연한 영화, 내가 너무 좋아하는 배우, 게다가 그 남자도 나처럼 포리너를 좋아해, 특히 포리너의 최신곡 말야, '사랑이 뭔지 알고 싶어요/당신이 내게 사랑을 보여주면 좋겠어요', 그리고 나한테 『마담 보바리』 책도 선물했어. 그 책은 네가 이미 읽은 책이잖아, 내가 중간에 끼어들었다. 정말이야, 그 남자는 나의 분신이자 나의 왕자님이야, 클레르는 얼굴을 붉히며 숨 막힐 듯한 표정으로 말했다.

현실에서는 왕자님들이 여자들의 마음을 가져가지 않고, 여자들을 손에 쥐었다가 내버린다. 이럴 때 여자들이 느끼는 아픔을 어떤 말로 표현해야 할지 모르겠다.

한편 엄마는 '언젠가 무슨 일이 벌어지기를' 바라며 한쪽 다리를 잃은 아저씨에게 조금씩 다가갔다. 내 나이가 오십이 되면 너도 알 거다, 엄마가 내게 말씀하셨다, 그거면 돼.

병원에서는 의사들이 남동생에게 이런저런 심리학 실험을 해 보고 싶어 했다. 그중에서도 사회성을 측정하는 '샐리&앤' 테스트를 하려고 했다. 엄마는 언짢아하셨다. 우리 아들은 실험용 쥐가 아니라고요, 다른 환자들한테나 해 봐요, 감히 우리 아들한테! 어림없는 소리!

우리가 파리에 돌아온 지 두 달째였다. 모니크의 상태는 호전되었다. 낮에는 바티뇰 광장까지 산책을 나가기도 하고, 저녁에는 조제 부인과 함께 마틸드 목욕을 시켰다. 하지만 그 와중에 내 통장 잔고는 눈에 띄게 줄어들었다. 파리에서는 도저히 일자리를 구하지 못할 것 같았다. 그래서 나는 주변 사람들 모두가 바라는 유일한 일을 하기로 마음먹었다.

다시 글을 쓰기 시작했다.

모니크가 먼저 편지부터 던져 놓았다. 편지가 바닥으로 스르륵 미끄러졌다. 그녀는 한숨을 내쉬며 두 마디를 던졌다.

— 내가 착각했어.

선생님,

저는 갈리마르 출판사로 오는 원고를 읽는 사람입니다. 선생님께서 쓴 『도시』라는 제목의 희곡 작품을 아주 재미있게 읽었습니다. 선생님의 글에서 힘과 시니컬한 어조가 함께 느껴집니다. 선생님과 같은 나이의 작가가 썼다고 하기에는 정말 글이 무르익어 있네요! 도시에서 도망쳐 나오려는 두 등장인물들을 도시가 자꾸만 다시 붙잡는 설정이 잃어버린 유년 시절을 멋지게 비유한 것 같더군요. 유년 시절에 대한 상실감은 받아들이기 힘든 부분이니까요. 등장인물 '원'과 '투'의 말이 맞지요. 자라면서 타락시키고, 자라면서 더럽히고, 자라면서 시들게 한다는 말.

그런데 제가 프리랜서로 원고 읽는 일을 하고는 있지만, 실은 연출 일을 하고 있습니다. 칼바도스에 작은 회사를 하나 차려 꾸리고 있지요. 1854년 그 지역 옹플뢰르에서 태어난 유명한 작가 알퐁스 알레를 기리며 회사 이름을 '알레, 앙 센!'이라고 지었습니다. 옹플뢰르에서 태어난 예술가들이 이 외에도 많답니다. 1866년에 태어난 사티부터 1824년에 태어난 부댕, 이 사람은 종이 장수로 일하다가 나중에 화가로도 활동했지요, 물론 유명하진 않았지만 그래도 4천500 점이 넘는 그림을 남겼답니다. 이미 짐작하셨겠지만, 선생님 작품에 관심이 갑니다. 선생님께서 제가 원고를 몇 군데 손볼 수 있게 해 주신다면, 특히 두 번째 장이 약간 반복되는 느낌이 있더군요, 선생님 작품을 돌아오는 시즌에 맞춰 (점점 늘어나는) 관객들에게 선보이고 싶습니다.

원고 출간과 관련해서는 제가 상당히 긍정적인 평가를 했음에도, 원고 채택 위원회에서 부정적인 입장을 내놓았습니다. 하지만 너무 상심 마세요. 선생님 원고만큼 힘 있는 희곡 원고는 분명 무대 위에서 빛을 발할 걸작입니다. 흰 종이 안에서 죽어갈 작품이 아니라는 말씀입니다.

편지 말미에는 마르탱 부에, '알레, 앙 센!'이라고 서명이 되어 있었다.

– 자동 응답기에 남겨진 메시지도 하나 있어.

– 안녕하세요. FCB에서 아티스틱 디렉터를 맡고 있는 실비아예요. 저희가 카피라이터를 구하고 있어요. 메시지 들으시면 사무실로 전화 한번 주세요. 감사합니다.

– 내가 착각했어, 모니크가 같은 말을 반복했다, 나는 당신이 내가 필요할 거라 생각했어. 당신이 책을 쓸 때 내가 도움을 줄 수 있을 거라고. 하지만 당신은 아무도 필요 없고, 사랑도 없는 사람이었어. 마틸드가 웃는 모습을 보며 가끔 눈물짓는 당신 모습을 보는데, 그건 사랑이 아니라 걱정이나 죄책감에서 나오는 모습인 거야, 사랑이 아니라. 그런데 난 사랑이 필요해, 마틸드도 마찬가지고. 사랑받지 못하면 우린 미쳐 버리고 말 거야. 당신이 브뤼셀에서 그 여자랑 잤을 때도 난 당신을 떠나지 않았어. 왜냐하면 어쩌면 그건 내잘못일 수도 있을 거라는 생각이 들었으니까. 당신을 혼자 내버려두고, 내 욕심만 채우며 연극을 선택했으니까. 하지만 난 그저 언젠가 당신이 쓴 작품을 연기할 수 있길 바랐을 뿐이야. 편지를 보낸 인간 말이 맞아, '도시'는 정말 멋진 작품이야, 축하해, 그런데 그 안에 남자 둘만 나오고 날 위한 역할은 없더군. 우리를 위한 자리가 없더라고. 그래서 한참을 고민했고, 마틸드와 떠나기로 결심했어.

순간 나는 몸이 얼어붙었다. 꼼짝도 하지 못했다. 한마디도 하지 못했다. 하지만 이상하게도, 내 심장은 쿵쾅거리지 않았다. 오히려 소름끼칠 정도로 심장이 느리게 뛰었다.

모니크는 펑펑 울었다.

모니크의 얼굴이 갑자기 평온해지더니, 이미 오래 전 옛날, 회계 강의실에서 처음 봤을 때 내 마음을 흔들어 놓았던 그 날카로운 눈 빛으로 날 바라보았다. 말이 밖으로 나왔다. 말이 두려움을 극복한 것이다. 모니크는 이제 강해져 있었다. 모니크는 마틸드를 데리고 떠날 생각이었다, 아주 간단했다. 이제 아파트도 텅 비고, 내 마음도 텅 비고, 내 인생도 텅 비겠지. 모니크가 자리에서 일어나 방으로 갔다.

- 내일 아침에 떠날 거야.

모니크는 살며시 문을 닫았다. 이 허울뿐인 온화함 속에는 그 자리에 있어야 하는 무언가가 더 이상 없다는 사실이 주는 허무감만이 자리 잡고 있었다.

그 다음 날 실비아 시니발디를 만나러 갔다.

내가 벨기에에 있는 동안 썼던 광고 문구들을 그녀가 찬찬히 살펴보고 있는 동안 그녀를 유심히 바라보았다. 그녀는 은근히 예뻤다. 마이클 골드스틴이 놀렸던 프랑스 여자들 모습과는 닮지 않았다. 작은 가슴에 젖꼭지만 큰 프랑스 여자들 말이다. 그녀에게서 뭔가 우아하고 교양 있는 세련된 분위기가 풍겼다. 벽면에는 찰스 주르당, 파이오니아, 슈웹스 광고 포스터들이 걸려 있었다. 자료를 모두 살펴본 그녀가 고개를 들더니 나를 빤히 쳐다보았다. 순간 나는 얼굴이 빨개졌다. 그러자 그녀가 미소를 지으며 말했다, 좋아요, 아주 훌륭하네요. 결국 그녀는 나를 크리에이션 디렉터에게 소개시켜 주었고, 그는 내 포트폴리오를 슬쩍 한번 넘겨보고는 물었다, 벨기에 사람인가? 아니오. 그것도 아닌데 거기서 뭐 한 거지? 나는 아무 말도 하지 않았다. 당신 얼마지? 나는 그 말을 이해하는 데 잠깐 시간이 걸렸다. 만 6천이요. 그러자 그가 실비아 시니발디 쪽으로 고개를 돌리며 물었다, 원하는 사람이야? 네, 그녀가 대답했다. 확실해? 네, 확실해요. 좋아, 그럼 내가 경리과에 얘기하지.

그렇게 나는 그곳에 취직했다.

실비아 시니발디가 사무실에서 200미터 정도 떨어져 있는 술집에 날 데려갔다. 그녀가 웃었다. 매력적인 웃음이었다. 더 세게 부르지 그랬어요, 그녀가 말했다, 우리 사무실 끄떡없어요, 얼마 전에 슈웹스랑 글로리아랑 재계약했거든요. 나는 어깨를 으쓱해 보였다.

만 6천 프랑이면 거의 최저임금의 네 배 가까이 되는 돈인데, 나한테는 천금 같은 돈이었다. 아빠한테서 빌린 돈도 갚을 수 있고, 무엇보다 모니크에게도 돈을 보내줄 수 있을 테니까. 우리 둘은 한 시간 넘게 이야기했다. 그녀는 사무실 이야기를 들려주었다. 보통 어느 정도의 예산으로 일하는지도 알려 주었다. 그러더니 나의 브뤼셀 생활을 궁금해 하며, 그곳에 있으면서 어떤 전시회를 봤냐고 물어보았다. 그녀는 벨기에 만화를 잘 알고 있었다. 장 반 암므부터 드 무어, 피샤, 스퀴턴, 페클레까지. 조셉 로지 감독의 〈돈 지오반니〉에 나오는 호세 반 담을 좋아하고, 몇 년 전에 마테를링크의 『온실』을 읽고서 벨기에 시에 푹 빠졌다고 했다.

나는 꽤 놀랐다. 그녀가 찻잔을 내려놓았다.

– 나는 여자 형제만 셋인데, 아빠는 세 딸 모두 어느 누구 못지않게 똑똑하게 자라길 원하셨죠. 그래서 우리 자매 세 명의 손에는 늘 책이 들려 있어야만 했어요. 나 역시 책을 엄청나게 읽었고, 그러다 보니 1911년에 노벨문학상을 수상한 모리스 마테를링크까지 섭렵하게 됐죠. 나를 교양 있는 여자로 만들어 준 인물이죠!

우리 둘은 마주 보고 웃었다. 그 순간 잠시나마 그날 새벽, 모니크와 마틸드가 집을 떠날 때의 고통을 잊을 수 있었다. 택시 기사가 커다란 짐 가방 세 개를 트렁크에 싣는 동안 두 사람이 택시에 올라타는 모습을 거실 창으로 그저 바라볼 수밖에 없었던 그날 새벽. 모니크는 뒤돌아보지 않았다. 마지막으로 눈길 한번 주지 않았다. 딸아이 얼굴도 보지 못했다. 택시는 클리쉬 대로에서 카르디네 거리로 이어지는 방향으로 순식간에 사라졌다. 그렇게 우리의 꿈과 환멸, 실패한 삶도 함께 실어갔다. 나는 마지막으로 함께 먹은 아침식사 그릇을 씻지 않고 그냥 그대로 버렸다. 그녀가 남겨 놓은 책과 잡지, 모니크가 열여섯 살에 가슴이 비칠 정도로 얇은 로라 애슐리 원피스를 입고 찍은 사진, 세면대 위에 버리고 간 화장품까지 모두 버렸다. 화가 나서 저지른 행동은 아니었다.

실비아 시니발디의 목소리가 내 안으로 스며들었다. 어디 안 좋아요? 나는 괜찮다고 했다. 아녜요, 그저 오늘 하루가 나한테 참 특별해서요, 실비아, 고마워요, 일자리도 얻게 해 주고, 친절하게 대해 주고, 그저 다 고맙네요, 무슨 말을 해야 할지 모르겠어요.

그냥 앞으로 멋진 문구 많이 써 줘요, 그거면 돼요.

날이 저물었다. 나는 그녀들이 없는 텅 빈 집으로 들어섰다.

방에는 여전히 화장품 파우더 향이 떠다니고, 욕실 휴지통에서는 눈물에 젖은 화장용 솜 냄새가 났다. 거실은 마치 도둑이 든 모습이었지만, 아무런 피해도 없었다. 내가 마룻바닥을 걸을 때마다 나는 삐걱거림만이 유일하게 들리는 소리였다. 우리가 이사 오기 전 이 집이 얼마나 보기 흉했는지는 이루 말할 수가 없을 정도였다. 하지만 우리는 이사를 오자마자 집에 페인트칠을 다시 하고, 나는 욕실 바닥과 벽면에 로라 애슐리 디자인으로 장식된 10제곱센티미터짜리 타일을 깔았다. 옅은 노란색에 파란색 띠로 장식된 타일이었다. 타일을 까는데 하루가 꼬박 걸렸고, 결국 무릎이 까져 피가 날 정도였다. 그러는 동안 모니크는 우리 방에서 약을 먹고 기절한 사람처럼 잠들어 있었다. 고통을 극복하는 약, 나를 포함해 영원하지 않은 모든 것을 극복하는 약이었다.

나는 담배 한 개비를 또 꺼내 불을 붙이고 창문을 열었다. 가로변에서 나는 소리에 창문이 떨렸다. 밖을 바라보았다. 아래층 술 가게는 아직 불이 켜져 있었다. 문 닫을 시간이 훨씬 지났는데도 가게 안에서 웃음소리, 걸걸한 웃음소리, 외로운 남자들의 웃음소리, 더 이상 사랑하지 못하지만 끊임없이 사랑을 갈구하는 불행한 사람들의 웃음소리가 들려왔다. 종키에르 거리 모퉁이에 있는 카페에서는 몇몇 남자들이 베시에르 대로에서 내려온 창녀들을 품에 끼고 나오고 있었다.

나는 담배꽁초를 버렸다. 아직 타들어 가는 꽁초가 허공에 떨어지며 어둠 속에 사라지는 상처를 남긴다. 창문을 닫자 다시금 정적이 내려앉았다.

덤보가 엄마와 헤어질 거라고 내게 얘기한 날을 떠올렸다.

우리는 초음속으로 달리는 차를 타고 있었다. 덤보는 혹시라도 내가 기차 출발 시간을 놓칠까 싶어 엄청 빠른 속도로 달렸다. 그제야 깨달았다. 그때 덤보는 그 모든 것이 빨리 지나가기를 바랐던 거였다. 한 번만 베면 충분할 것을 난도질하는 일이 없도록 하고 싶었던 거다. 그때 나는 눈물을 글썽였다. 그럼 나랑도 헤어지는 거예요, 아빠? 아니란다, 아니, 어느 정도는 네 말이 맞겠구나, 사랑한다, 에두아르. 그렇지만 원래 사랑하는 사람끼리는 헤어지지 않는 거잖아요, 아빠. 덤보는 급정거를 했다. 기차역 앞이었다. 덤보는 팔을 쭉 뻗어 조수석 문을 열었다. 뛰어, 기차 출발 시간까지 50초밖에 안 남았어.

나는 전력을 다해 뛰었다. 열차 칸에 올라타면서 깨달았다. 사랑한다고 말하는 사람들은 모두 거짓말쟁이라는 것을.

과연 나는 마틸드에게 무엇을 남겨 줄까? 마틸드가 자는 모습을 바라보며, 나 역시 거짓말을 했다. 어쩔 수 없이 비겁함을 물려줘야만 하는 걸까? 나도 우리 아빠 같은 아빠가 되는 건가? 실패한 사람. 다른 이들을 잃은 사람. 엄마의 말대로 라면, 투케에서 폭풍우가 몰아친 날 아빠가 우리를 잃었듯. 이제 내가 내 주변 사람들의 말을 듣지 못하는 사람이 되는 건가?

나의 사랑하는 딸아, 오늘 밤 넌 어디에서 자고 있니? 네 엄마는 약을 잘 챙겨 먹었는지 모르겠구나. 네 엄마한테 헷갈리지 말고, 잠들기 전에 모가돈, 아침에 일어나서 위모릴*을 먹으라고 꼭 얘기하렴. 그리고 네 아빠는 겁쟁이라고 생각하렴.

– 문자 그대로는 교만한, 무례한, 퉁명스러운, 심지어 뻔뻔하다고까지 말할 수 있겠죠, 실비아 시니발디가 말했다. 그런데 형용사가 아니라 명사형으로 생각해 보면, '오만, 거만'이라는 단어는 존중이 부족한 자세쯤으로 정의하지요, 이런 경우를 보면, 형용사가 전달하는 부정적인 것들이 모두 긍정적인 것으로 전환돼요.

실비아 시니발디가 미소를 지었다. 다름 아니라 찰스 주르당이 새롭게 출시할 향수 '앵솔랑'** 광고를 위한 아이디어를 찾고 있던

● 항우울제.
●● Insolent, 프랑스어로 '오만, 거만'이라는 뜻인 단어 'Insolence'의 형용사형.

중이었다.

　- 클로드 아블린은 『F.A.T 씨의 고민』이라는 책에서 오만은 좋은 집안에서 태어난 사람들의 무기라고 써 놓고 있지요. 여성용 향수에 남성형 형용사 이름을 붙여 놓은 사실이 꽤나 흥미롭게 다가오긴 하는데, 어쨌든 우리도 뻔뻔하게 아이디어를 한번 고민해 봐야겠군요.

　- 뻔뻔하게 고민해 본다고요.

　- 네, 뻔뻔하게.

　그녀가 웃음을 터뜨렸다.

　- 로버트 월튼은 빅터 프랑켄슈타인을 만들었고, 우리 아빠는 나를 만들어 냈어요. 어때요, 날 보면 겁나지 않아요?

　- 난 당신이 정말 마음에 드는 걸요.

　- 사실 나를 무서워하는 사람들이 아주 많거든요.

　나는 아이디어를 떠올려, 훌륭한 광고 문구를 그녀에게 내밀어야만 했다. 한창 80년대를 관통하고 있던 때였다. 그룹 텔레폰이 '또 다른 세상'이라는 노래를 부르고, 어느 탈취제 광고에는 똥을 싸며 신문을 읽는 고양이가 등장하고, 한바탕 세계를 휩쓴 석유 파동이 가라앉으면서 시장에 다시 돈이 돌기 시작하고, 에디 바클레이가 일곱 번째 결혼을 하고, 여기저기서 과시욕이 살아나고 있던 시대였다. 브릴리언트부터 금, 은, 실리콘 보형물, 잘빠진 자동차들까지.

　내가 고개를 들자 실비아 시니발디의 입가에 미소가 감돌았다.

- 자동차에 뭔가를 쓰는 거예요! 내가 외쳤다.

그녀의 미소가 내 마음을 환하게 밝혔다.

3주 뒤, 실비아는 셀레스탱 강변에 위치한 퐁 루이-필립 레스토랑 앞에 서 있는 1961년형 피아트 2300 S 빨강 쿠페 한 대의 모습을 카메라에 담았다. 쿠페 운전자는 자동차 양옆에 거만하게 '4시에 만나요'라고 써 놓았다. 거기에다가 실비아는 자동차 문에 달린 손잡이에 향수 병마개 디자인을 연상시키는 검은색 스카프를 매달았다.

우리가 만든 향수 광고는 샹부르시 유제품과 글로리아 우유, 헨리 윈터맨 카페 크렘 시가릴로 광고와 더불어 올해의 광고로 선정되었다.

말하자면 사람들을 살찌우고 굉장히 행복하게 만들어 주었던 것들과 어깨를 나란히 했다.

엄마는 울지 않고, 소리쳤다.

실패로 끝난 나의 결혼생활에 화가 나서 소리쳤다. 실패로 끝난 엄마의 결혼생활에 화가 나서, 철든 멋진 아들을 두지 못하고 '기분파' 아들을 둔 사실에 화가 나서 소리쳤다. 자식이 있으면 그렇게 처신하지 않아, 서로 실랑이를 벌이고, 감내하면 했지, 그렇게 떠나진 않는다고! 엄마는 그렇게 한바탕 쏟아 붓더니 전화를 끊으셨다. 그러고는 금세 다시 전화를 하셨다.

- 자비에 아저씨(랑글래)가 나더러 예루살렘에 같이 가자고 했다

는 얘기 했었니? 언젠가는 꼭 직접 예루살렘에 가보고 싶었는데. 가서 너랑 모니크, 어린 마틸드를 위해 기도하마. 잠시 시간을 가져. 그런데 사람 일은 미리부터 예단하는 거 아니다, 아직은 기회가 남아 있는 거야. 염원을 이루려면 참고 기다리는 시간이 먼저 필요한 거란다.

나는 엄마한테 조심하라고 얘기하고 싶었다. 한 여자랑 꽤 오랜 시간 함께 하면서, 손끝 하나 건드리지 않고도 여자를 홀리게 만드는 남자는 100프로 정직하다고 할 수 없는 거라고. 하지만 누가 봐도 내가 그런 조언을 건넬 만한 처지는 아니었다.

그런데 15분 뒤에 다시 전화벨이 울렸다. 엄마였다. 예루살렘에 가지 않기로 했다, 나에 대한 마음이 어떤 건지 분명히 하지도 않고서 그렇게 먼 곳까지 함께 가자고, 그것도 큰 의미와 역사를 지닌 곳에 가자고 하는 건 너무 뻔뻔한 거 아니냐고 그 사람한테 얘기했지, 내가 무슨 자기 가정부냐고. 그 말까지 하셨어요? 가정부 얘긴 안 했지만, 나머지는 얘기했어, 잘 했지?

나는 우리 엄마가 좋았고, 사랑에 빠진 엄마는 더욱 좋았다. 하지만 인생이란 잔인한 법이다.

행복이란 것이 결코 혼자 오는 법이 없다고들 하는데, 근심은 아예 떼를 지어 몰려온다.

단 몇 주 사이에 벌어진 세 가지 일이 우리 인생의 흐름을 바꿔 놓고 말았다.

클레르는 자기도 엄마가 될 수 있다는 기쁨에 취해, 잔뜩 흥분한 채로 배 속 아기 아빠에게 그 사실을 알렸는데, 그 남자는 샴페인을 가져오겠다며 나가서는 다시 돌아오지 않았고, 그것이 치유할 수 없는 상처가 되고 말았다. 왕자님이 아름다운 공주님의 마음을 빼앗아 놓고는 쓰레기 더미와 멸시, 개똥이 널브러져 있는 도랑에다가 공주님을 가차 없이 내팽개쳐 버린 것이다. 클레르는 사흘 밤낮을 쉬지 않고 울었다. 얼굴은 우중충한 빛으로 바싹 말라 버려 강바닥에 깔린 조약돌을 연상시킬 지경이었다. 결국 남동생이 가 버린 곳으로 자기도 가겠다고 했다. 클레르는 심장에 손을 얹은 채 '심…… 장……'이라 중얼거렸고, 우리는 그 심장이 이미 굳어 버렸다는 것을 알았다.

랑글래 아저씨는 다리에 차고 있던 의족으로 심하게 두들겨 맞아 쓰러진 채, 릴 구시가지 길거리에서 발견되었다.

초라한 참새 한 마리가 내 자동차 앞 유리창을 들이받아, 그 위에 깃털 몇 장과 함께 석류 씨만한 크기의 심장을 남겼다. 심장이 터져, 핏방울이 뿜어져 나왔다.

소름 끼칠 정도로 충격을 받은 나는 급브레이크를 밟아, 벌벌 떨며 차를 갓길에 세웠다.

A1 고속도로에는 차가 많지 않았다. 평일이었으니까. 클레르와 엄마 곁에 몇 시간 같이 있다가 파리로 돌아가는 길이었다. 우리는

어떻게든 '가여운 여인'에게 힘이 되려고 했지만, 스물두 살짜리 여동생이 혼자 아기를 낳아야 하는지 지워야 하는지 내게 묻는데, 뭐라 대답해야 할지 막막했다. 갈라진 땅처럼 말라버린 얼굴과 돌처럼 굳어 버린 심장을 가진 동생에게 무슨 말을 해야 할까? 애를 낳으면 내 인생은 어떻게 될까? 사람들은 날 보고 손가락질 하겠지, 세상 어떤 남자가 다른 남자한테 버림받은 미혼모를 좋다 하겠어, 어떤 사연인지 궁금해하겠지, 내가 창녀라 생각할 거야, 창녀! 결국 엄마는 눈물을 흘렸다. 나도 따라 울었다. 그러자 엄마가 날 보고 얘기했다, 울지 말고 뭐라고 말 좀 해 봐, 네가 우리 집 작가님이잖니, 젠장.

차 안에서 경련이 점점 심해졌다. 입에 거품을 물었다. 희끄무레하고 냄새 나는 거품이 내 턱을 타고 흐르며 고약한 말을 그렸다.

'죽음'.

그 순간, 남동생이 떠올랐다. 떨리는 손가락으로 거품을 걷어 내려 할수록 도리어 거품은 얼굴 전체로 번져만 갔다. 남동생의 날개가 공중에서 꺾여, 아래로 곤두박질쳐 산산조각 나는 모습이 불현듯 머릿속에 그려졌다. 아마도 양쪽 귀에는 카브렐의 목소리가 흘러나오고 있었겠지. '괜찮아요/이게 내 마지막 눈물이에요/괜찮아요/입을 다물기 전에 마지막으로 불러 보는 거예요/전쟁 전에 마지막으로 불러 보는 노래예요'*.

나는 울지 않았다. 내 눈앞에 몇몇 장면이 그려졌다. 아주 오래 전, 남동생이 욕조에서 깔깔거리고 웃는 모습. 마시멜로가 든 곰돌이 빵을 난생 처음 맛보고 놀라며, 살짝 인상을 찌푸리던 모습. 실수로 유리컵을 깨트려 피투성이가 된 손을 보고 어쩔 줄 몰라 하던 눈빛. 아빠와 엄마가 고함을 내지르고, 소금 통, 접시 같은 것들이 바닥에 내동댕이쳐질 때 무서워하던 모습. 나를 품에 안은 채 세상의 시끄러운 소리를 막아 주려는 듯 펼쳤던 그 날개.

나는 자동차 시동을 걸었다. 남동생이 정말로 죽은 걸까?

다음 휴게소에 잠시 차를 세우고 전화를 걸었다. 엄마한테 전화를 걸었지만 받지 않았다. 클레르도 마찬가지였다. 할 수 없이 전화번호 안내 센터에 전화를 걸어 병원 전화번호를 알아냈다. 마침내 병원 안내 상담원과 통화가 됐고, 상담원은 딱 잘라 말했다, 모르는 분께 전화상으로 알려드릴 수 있는 사항이 아닙니다. 그래서 내가 소리쳤다, 난 그 녀석 형이에요, 형, 그 녀석은 이어폰을 늘 귀에 꽂고 다니고, 노래를 불러도 목소리가 안에 갇혀 소리가 들리지 않아요, 제라르 망세와 카브렐 노래를 좋아하고, 그런데 갑자기 상담원이 끼어들어 자기는 전혀 모르는 얘기라며 전화를 툭 끊어 버렸다.

나는 진한 커피를 한 잔 하며 혀를 데였고, 다시 차를 출발시켰다. 파리까지 70킬로미터를 더 가야 했다. 시속 160킬로미터로 달렸다. 내 차가 달릴 수 있는 최고 속도였다. 계기판이 떨렸고, 히터

● 프랑시스 카브렐이 1989년 발표한 '프라질' 앨범에 수록된 곡, 〈마지막 노래〉.- 원주

송풍 그릴도 격렬하게 춤을 췄다. 자동차가 폭발할 것만 같았다.

마침내 푸셰 거리에 도착했을 때, 아래층 술 가게 주인이 허겁지 겁 달려 나왔다. 그는 입고된 지 얼마 되지 않은 갓 나온 와인 냄새 를 풀풀 풍기며 말했다, 자네 어머니, 자네 어머니께서 자네 여동 생 얘기를 하셨네, 심각해, 얼른 전화 드려 보게, 무슨 일이 난 게 분 명해, 이리 들어오게, 어머니께서 번호를 남기셨네, 급하다고 말씀 하셨어, 자, 여기 있네, 당장 여기서 전화 드려 보게, 그동안 내가 술 한 잔 준비해 놓지, 이럴 때 마시기 좋은 카베르네 와인이 있으니 까, 이럴 때 마시기 딱 좋은 와인이지.

사흘 사이에, 남동생을 담당하는 간호사가 새로 오고, 병실도 바 뀌고, 같은 병실을 쓰는 사람도 바뀌었다.

나흘 째 되는 날, 남동생이 창문으로 뛰어내렸다. 날개를 펼치려 했지만 소용없었다. 날개 없는 몸은 그대로 곤두박질쳤다. 아무런 소리도 나지 않았다. 그저 날갯짓하는 소리만 들렸다. 결국 15미터 아래에서 바닥에 웅크린 채 막대기로 지렁이를 괴롭히고 있던 어린 아이 목뼈 위로 떨어졌다.

어린 아이의 몸 위로 떨어지며 충격이 어느 정도 완화되는 바람 에 남동생은 어쩌면 죽지 않을 수도 있었다. 그런데 하필이면 남동 생 머리가 지하실 여닫이 창 덮개에 달린 구부러진 꼬챙이 손잡이 에 그대로 꽂히고 말았다. 사냥꾼이 쏜 화살이 날아가던 새 머리에 그대로 꽂힌 것과 같았다. 아무런 소리도 없이, 보다 짙은 침묵 속에서. 지렁이에 열중하고 있던 아이는 목뼈가 부러지며 그대로 굳어 버렸다. 한편 꼬챙이에 찔린 머리 아래로 피 웅덩이가 점점 커지는 동안에도 남동생의 몸은 조금씩 떨렸다.

이제 남은 건 비명뿐이었다.

그 중에서도 가장 절망적인 소리는 엄마가 내지른 비명이었다.

엄마는 울부짖었고, 술 가게 주인은 눈물을 흘렸다. 술 가게 주인이 한숨 쉬며 입을 뗐다, 이런 끔찍한 일이, 자고로 아이들은 죽어서는 안 되는 존재인 것을…… 아이들은 죽도록 만들어져 있지 않은데. 나는 도무지 엄마 목소리가 들리지 않아서, 주인아저씨에게 조용히 하라는 신호를 보냈다. 마침내 엄마 목소리가 들렸다, 이제 우린 어떻게 되는 거지? 우리가 무슨 잘못을 했기에 신은 이리도 가혹한 벌을 내리시는 걸까? 그때 느닷없이 술 가게 주인아저씨가 자줏빛 카베르네 와인 잔 안에서 불타는 덤불을 발견하기라도 한 사람처럼, 시뻘겋게 충혈 된 눈을 하고 울부짖었다, 자네 남동생은 죽었는데 자네 여동생은 새 생명을 가졌군!

우리는 갑자기 무슨 말을 이어 나가야 할지 알지 못했다.

사랑에 빠진 여인과 덤보가 다시 만났다. 어떻게 보면, 클레르와 남동생, 나 역시 한자리에 모인 셈이었다. 모니크가 내 곁에 있었고, 마틸드는 내 품에 안겨 있었다. 마틸드의 체온과 동그랗고 초롱

140

초롱한 눈, 내 손가락을 오물오물 뜯는 잇몸까지도 무척 사랑스러웠다. 마틸드는 예쁘고 발랄했다. 택시를 타고 가 버렸던 그날 새벽 이후로 줄곧 딸이 그리웠다. 안느 아나와 장모님, 술 가게 주인, 그의 여동생 조제 부인, 나의 대모, 아무도 알아보지 못한 자크 앙크틸, 덤보의 가게 직원들, 실비아 시니발디, 어린 사촌들, 병원장, 문제의 간호사, 추락해 죽은 사람이 자기 직원(육상 선수)의 약혼자의 전 남편인 줄 알았던 피오트르 타일공, 마이클 골드스틴, 심리상담사 부셰 말고도 수많은 사람들이 거대하고 서늘한 성당 안에 모였다. 그곳에서 신부님의 장례미사가 이어졌고, 미사를 보는 소리는 마치 자벌레나방이 불 켜진 전구에 부딪혔다 아래로 떨어지듯 성당의 둥근 천장에 부딪힌 뒤 내려앉았다. 쓰라린 아픔과 싸우는 우리들의 귓가에는 신부님의 말씀이 그저 알아들을 수 없는 말처럼 공허하게 들렸다.

모두 한자리에 모였다. 랑글래 아저씨만 빼고. 같은 시각 랑글래 아저씨는 시끄럽게 사이렌을 울려대는 구급차에 실려 병원으로 향하는 길이었다. 엄마가 남동생에게 작별을 고하는 순간 모니크가 내 손을 잡았다. 엄마가 다시 신자석으로 내려오자, 덤보가 뜨거운 눈빛으로 엄마를 향해 양팔을 벌렸다. 순간 덤보가 천 살은 돼 보였다. 클레르는 자기 배 위에 손을 올린 채 눈물을 흘렸다. 마이클 골드스틴은 실비아 시니발디에게 귓속말을 했다. 안느 아나는 잠시 자리를 비웠다. 자크 앙크틸은 병원장에게 작은 명함을 건넸다. 마틸드는 날 보고 웃으며, 내 코를 잡겠다고 낑낑거렸다. 비록 잠깐이었지만 남동생의 시신 주변엔 완벽한 것들과 원초적인 감정, 인생의 소용돌이가 불어오기 전의 평화로운 시간들만이 있었다. 잠시 동안 아빠와 엄마가 다시 함께였다. 잠시 동안 클레르는 행복했고, 잠시 동안 모니크와 마틸드, 내가 한 가족이었다.

장의사 일꾼들이 관을 운구하는 길에 부른, 고인을 떠나보내는 노래 너머로 남동생의 일생을 다시금 떠올려 보았다.

모두가 남동생이 아주 좋아했던 '트리스테스(Tristesse)'*라는 제목의 노래를 불렀다. 남동생이 휴대용 턴테이블에서 LP판이 닳을 정도로 즐겨 들었던 노래.

모든 영혼을 담아 노래를 불렀지만 목소리가 밖으로 나오지는 않았다.

남동생 아드리앙이 그랬듯, 우리도 침묵으로 노래했다.

귀청이 떨어질 만큼 아름다웠다.

사랑에 빠진 여인은 아들을 잃고서, 웃음과 기쁨, 믿음도 함께 잃었다.

그녀는 랑글래 아저씨의 행동에 충격을 받았다. 마치 '우리는 앞으로 함께 할 수 없는 사이'라고 운명이 말하는 것처럼 느꼈다. 그

● 티노 로시가 부른 노래(1939년). 가사: 장 루아젤. 곡: 프레데릭 쇼팽, Op. 10번 중 3번.- 원주
'트리스테스(Tristesse)'는 프랑스어로 '슬픔'이라는 뜻.

녀는 아저씨가 있는 병원에 두 차례 찾아갔고, 결국 아저씨에게 이별을 고했다. 왜 그런 일이 있었는지, 생 코르동의 노트르담에 관한 소논문을 쓴 훌륭한 사람이 왜 그날 오후 그 거리에서 지나가는 사람들끼리 벌인 싸움판 한가운데 끼여 있었는지 알고 싶어 하지도 않았다.

아들의 장례를 치른 다음 날, 늘 피워 오던 고급 멘톨 담배 대신 평범한 팰 맬 담배를 피웠다. 그리고 신학 수업을 포기하고, 키케로의 『신에 관하여』를 다룬 강의 노트를 버리고, 피론의 회의주의에 관해 필기한 노트도 불태웠다. 그녀의 분노는 냉정하고 돌이킬 수 없는 것이었다. 남동생이 추락했을 때 그녀가 늘 꿈꾸던 영원과 용서, 사랑도 날아가 버렸다. 이제 '사랑에 빠진 여인'은 자기 이름을 잃고, 다시 우리의 엄마가 되었다. 엄마는 자신의 욕망, 속세의 솔랄과 작별을 고하고, 모든 것과 자신의 인생을 버리고 오직 딸의 배 속에 생겨난 아주 작은 생명에만 매달렸다. 릴에 있던 집을 떠나, 크루아에 방 두 개짜리 아파트를 새로 구했다. 그곳으로 불행한 딸과 곧 태어날 아이를 들였다. 떠나고 나면 틀림없이 헐뜯고 저주를 퍼붓는 얘기를 할 릴에 있는 친구들과도 작별 인사를 했다. 예비 엄마들을 위한 요가 강좌도 신청했다. 너도 알다시피 네 여동생을 어떻게든 도와줘야지. 고기, 설탕, 커피도 끊으셨다. 머리카락도 짧게 자르고, 흰머리를 가리는 염색도 더 이상 하지 않기로 하셨다. 엄마는 한순간 늙었지만 그 어느 때보다 아름다웠다.

덤보는 미사가 끝나자마자 가 버렸다. 장지까지 함께 가지 않았다. 안느 아나가 짧게 편지를 보내왔다. 글씨가 삐뚤빼뚤했다. 미사를 드리는 동안 몸이 좋지 않으셨어, 네 아버지께서 건강이 좋지 않으셔. 그 뒤에 적힌 글씨는 알아보기가 힘들었다. '대뇌변연계'라는 단어만 겨우 읽었다. 그러다가 뒤쪽에 '다시 소식을 전할게'라는 말처럼 보이는 부분을 겨우 짐작해 읽었고, 마지막에는 기도문이 쓰여 있었다.

엄마는 둘째 부인의 편지를 소파 팔걸이에 내려놓으며 중얼거리셨다, 그 사람을 돌볼 줄 몰라, 아직도 모르는군, 알제리 일을 몰라, 아무것도 몰라.

그 순간 나는 엄마가 여전히 덤보를 사랑하고 계시다는 걸 알아차렸다.

근래 한 번도 초인종이 울린 적이 없었다.

그래서 초인종 소리가 들렸을 때 흠칫 놀랄 수밖에 없었다. 저녁 8시가 다 된 시간이었고, 겨울이었다. 가서 문을 열었다. 이럴 수가, 모니크와 마틸드였다. 둘은 서로 손을 잡고 서 있었다. 마틸드는 휘청거렸다. 걸은 지 일주일째야, 모니크가 말했다, 혼자 걸을 수 있게 되었는데 어디 가고 싶은 곳 없냐고 물었더니, 아빠를 보러 가고 싶다고 하더라고.

나는 고개를 숙여 딸을 품에 안았다. 마틸드는 몸이 얼음장처럼 차가웠다. 조제 부인이 당신 새로 이사한 주소를 알려줬어.

   - 얼른 들어와.

우리는 거실의 커다란 이케아 소파에 앉았다. 토할 것처럼 불편한 순간이었다. 두 사람은 외투를 그대로 입고 있었다. 그때 마틸드가 일어나 테이블 아래쪽에 알록달록한 표지의 잡지들이 놓여 있는 곳으로 가다가 카펫에 발이 걸리고 말았다. 나는 벌떡 일어섰다. 그러자 모니크가 나를 붙잡았다, 그냥 둬, 자기 혼자 배워야지. 결국 마틸드는 넘어지지 않았다. 모니크와 나는 마틸드가 잡지 더미를 뒤엎는 모습을 바라보았다. 우리 둘은 한 번도 시선을 마주치지 않은 채. 아드리앙의 장례를 치른 지 5개월째였다. 우리가 서로 못 본 지 벌써 5개월이 흘러 있었다. 모니크는 친정으로 돌아가, 새아버지가 운영하는 테니스 클럽의 바 일을 도우며 지냈다. 이따금 나한테 전화해 마틸드의 안부를 알려주었고, 그게 전부였다. 우리 두 사람은 더 이상 아무 사이도 아니었다.

마틸드는 이내 잡지를 헤집어 놓는 일을 지루해하더니 자기 엄마한테로 돌아왔다. 마틸드는 5분도 안 돼 잠이 들었다. 그렇게 모니크와 나, 우리는 둘만 남겨졌다.

나는 부엌에 가서 마시지도 않는 커피를 꺼내 왔다. 마침내 우리 둘은 서로의 얼굴을 빤히 바라보았다. 모니크는 살도 빠지고, 안경도 새로 맞춘 모습이었다. 내가 처음 보는 팔찌도 끼고 있었다. 화장도 하지 않아 더 초췌해 보였다. 흰머리도 한 가닥 보였다. 모니크는 내 눈 밑에 더 짙게 내려앉은 다크서클과 창백한 얼굴을 보며, 내가 일하는 시간을 짐작했다. 그리고 내가 입고 있는 셔츠를 보았다. 우리가 함께 고른 적이 없는 셔츠였다. 내 손가락의 거무튀튀한 피부와 니코틴, 돼지우리 같은 집안을 보았다. 마침내 모니크가 허탈한 웃음을 짓더니, 잠시 현기증이 난 듯 숨을 깊이 들이쉬었다.

　– 마음이 아프네, 모니크가 말을 툭 내뱉었다.

　– 계속 여기 있어도 돼, 내가 말을 우물거렸다.

　어둠을 지나 빛으로 들어서는 데 '15초'가 걸린다.

　실비아 시니발디와 내가 이틀째 사탕 제조 회사 뤼티의 광고에 대해 머리 맞대고 고민하던 중, 내가 어느 순간 일어나 땅딸막한 강아지처럼 춤을 추기 시작했다. 실비아 시니발디가 그 모습을 보고 즐거워하며 웃었다.

　– 친애하는 에두아르 씨 덕분에 레이 버드위스텔이 말한 신체언어, 그러니까 비언어로 소통하는 법을 깨닫나 했는데, 잘 안 되네. 당신이 지금 무슨 말을 하고 있는 건지 잘 모르겠어요.

　결국 나는 담배 한 개비를 새로 꺼내 불을 붙이고 다시 언어로 소통했다.

　– 몇 년 전 파리 북역에서 기차를 기다리다가 그만 실수를 저질렀어요. 기차가 도착했고, 그 기차에 올라탄 거죠.

　– 기차역에서는 기차에 올라타는 일은 지극히 '정상적인 일' 아닌가.

- 하지만 중요한 건 그게 아니고요. 그날 저녁 한 젊은 여자가 내게 담배를 한 대 줄 수 있냐고 했고, 나는 그녀에게 담뱃갑을 통째로 건넸어요. 딱 한 개비만 남아 있었거든요. 그랬더니 그 여자가 말하더군요, 마지막 한 대잖아요, 그걸 가져갈 순 없죠.

- 그래서요?

- 그러니까 우리가 기가 막힌 광고를 만들 수 있을 것 같다고요.

모니크가 되돌아온 지 어느새 4개월이 흘렀다.

우리는 모니크와 마틸드가 어느 어두운 새벽 나를 떠난 뒤 내가 포르트 마이요 근처에 새로 구한 아파트에서 지냈다, 서로 다른 방에 머물며.

이따금 밤이면 모니크는 흐느껴 울었다. 이따금 밤이면 나는 메말라 버린 눈을 껌뻑이며 꼼짝 않고 누워 있었다. 어느 날 밤, 모니크가 내 방으로 들어와 침대에 누웠다. 우리는 손가락도, 다리도 서로 스치지 않았다. 우리의 몸은 움직이지 않았다. 한없이 무거웠다. 그러다가 한참 뒤, 가는 물줄기처럼 모니크가 한마디 내뱉었다.

- 도대체 어쩌다가 우리가 이렇게 됐을까?

그 순간 70년대에 유행했던 다니엘 기샤르의 노랫말이 불쑥 떠올랐다, '애정이란/때론 더 이상 사랑하지 않아도/둘이 다시 만나면 행복한 마음'*.

- 도대체 어쩌다가 우리가 이렇게 됐지? 날 사랑하는 게 그렇게

도 어려웠어?

나는 할 말이 없었다. 내게는 알제리 전쟁에서 저지른 살인처럼 구실로 삼을 만한 거리도 없었다. 그 순간 수치심 같은 게 느껴졌다.

모니크가 결국 내 옆에서 잠이 든 걸 보고, 나는 조용히 일어나 모니크에게 이불을 덮어 주고 도둑처럼 내 집을 빠져나왔다. 밖에는 라 그랑 다르메 대로를 따라 줄지어 선 카페들이 밤중의 잿빛 세상을 거니는 사람들을 위해 여전히 문을 열어 놓고 있었다. 그곳에는 진한 커피와 코냑, 맥주, 헤이즐넛, 크루아상, 오이 피클이 함께했다. 다 태우고 남은 담배 냄새와 데오도란트 향, 땀 냄새도 났다.

뤼티 광고 영상들이 각각 '15초' 동안 이어졌다.

그 영상들은 내 담뱃갑에 남은 담배가 마지막 한 개비라며 가져가지 않겠다고 했던, 파리 북역에서 마주친 젊은 여자의 행동에 영감을 받아 만들어졌다.

한 여자가 공원 벤치에 앉아 뤼티 사탕을 맛있게 먹고 있는데, 한 남자가 다가오더니 사탕 하나만 줄 수 있느냐고 하자, 여자가 득달같이 소리친다, 강간범이야! 강간범이야! 당황한 남자는 서둘러 도망친다. 그러자 여자는 자신의 재치 있는 대처에 만족한 표정을 지으며 카메라 쪽으로 시선을 돌린다. 그 뒤로 성우 목소리가 흘러나온다. '누군가 얻은 뤼티 사탕 하나, 그건 바로 누군가가 잃은 뤼티

● 다니엘 기샤르, '라 탕드레스(La Tendresse)', 1973년 파트리시아 카를리 작곡.- 원주

사탕이다'. 관객들은 배꼽을 잡고 웃었다.

　우리는 유사한 콘셉트로 광고 영상을 여러 개 만들었고, 그해 칸 광고제에서 금사자상을 수상했다.

　나는 '15초'만에 빛으로 들어섰다. 돈을 많이 벌었다. 불행도 벌었다.

3
개인주의 가족

마틸드는 네 살, 잔느는 한 살이었고 잔느는 ㅡ 둘째 딸이다 ㅡ, 덤보는 가게를 내놓았다.

그 가게 자리를 탐내는 매입자도 나타났다. 납품 받은 곳에 되돌려 보낼 수 있는 물건들을(작업복, 블레이저코트와 블라우스, 코르사주에 다는 단추) 제외한 나머지는 염가로 처분해야 해서 사흘 간 대대적으로 바겐세일 행사를 열었다. 매일 아침 7시만 되면 가게 앞에 줄이 늘어섰다. 수요일에는 다른 지역 번호판을 단 자동차 한 대가 가게 앞에서 속도를 줄여 멈추더니 차에서 덩치 큰 여자가 내리기도 했다. 덤보가 양손을 비비며, 이거 다시 장사가 잘되는데, 잘 돼 하고 웅얼거리자, 할머니께서 찬물을 끼얹으셨다, 이제 끝이야, 재앙을 맞은 거라고, 타이타닉이 가라앉고 있다고! 가시 돋은 말을 아무리 퍼부어도 덤보는 상처를 받지 않는 것 같았다. 덤보는 행복했다. 그 순간 덤보는 아주 멋져 보였다. 커다란 층계 중간쯤 자리 잡고 앉아, 가게 대문이 열리기 무섭게 우아하고 활기찬 여자 손님들이 물밀 듯 밀려와 헐값에 내놓은 천 조각, 덤으로 얹어 주는 커튼 봉과 다마스 무늬 피륙, 아주 싼값에 내놓은 벨벳, 다섯 벌 묶음짜리 여름용 잠옷, 원가에 파는 바느질 재료 그리고 온갖 값싼 물건들에 덤벼드는 모습을 바라보았다. 그 모습은 흡사 자신이 만든 의상을 선보이는 쇼를 어두운 계단에 앉아 멀리서 지켜보는 코코 샤넬 같았다. 덤보는 그 자리에서 사흘을 머무르며 가게의 최후를 지켜보았다. 마지막 날 저녁에는 사실상 진열대에 남은 물건이 없었고, 선반에도 셔츠며 속옷이며 남아 있는 게 없었다. 어마어마한 바겐세일 행사가 물건을 모조리 휩쓸어 갔다. 그때까지 사람들의 관심 밖이었던 에미낭스 향수조차 사 가는 사람이 있었다.

1967년부터 관리인으로 있던 르비누 씨가 셋째 날 저녁 마지막으로 가게 문을 닫는 동안, 덤보가 층계를 천천히 내려왔다.

기진맥진한 직원들은 덤보가 계단에서 내려와 마침내 바닥에 발을 내딛고 찢겨진 천 조각과 갈기갈기 찢긴 박엽지, 짓눌린 가격표, 망가진 커튼 고리가 나뒹구는 쪽으로 발걸음을 옮기는 순간을 숨죽이며 지켜보았다. 자신의 인생이었던 것을 밟아 뭉개는 덤보를 바라보았다.

덤보가 몸을 숙여, 사람을 해칠 수도 있는 카펫직조용 가위를 주웠다. 두 발짝 자리를 옮기더니 한쪽 렌즈가 깨진 안경과 50프랑짜리 지폐 한 장을 주웠다. 직접 주운 전리품들을 기다란 금색 목재 계산대 위에 올려놓고는 타이타닉에 아직 승선해 있는 직원들을 한 명씩 차례차례 바라보았다. 직원들을 보고 미소를 지으며 아주 작게 말했다. 자, 얼른 치우고 내일 아침 9시에 또 문 열어야죠.

아무도 웃지 않았다. 아무런 반응도 없었다. 그저 말로 다할 수 없는 슬픔뿐이었다.

르비누 씨가 마지막으로 불을 끄고 철문을 내렸다. 그런 뒤에 철판에 적어 놓은 개점 시간을 사포로 문질러 지웠다. 르비누 씨는 아무도 지나지 않는 길에서 덤보를 한번 안고, 차례로 나도 안았다. 그러고는 떠났다.

덤보와 나는 안느 아나가 저녁상을 차려 놓은 집까지 걸어갔다. 안느 아나는 잔인한 아침이 오기 전 마지막으로 행복한 순간을 즐기기를 바랐다. 새 주인이 부른 포클레인이 와서 1830년에 처음으로 세워진 위대한 가족의 역사, 양단부터 진주 장식이 들어간 레이스, 펠트모직, 자카드 직물, 태피터, 당시로서는 아주 귀했던 더치 왁스까지 판매했던 훌륭한 가게를 완전히 무너뜨릴 잔인한 아침 말이다. 두 번의 세계 대전과 68혁명, 정보화 시대의 도래에도 꿋꿋이 잘 버텨 냈지만 대형마트와 멋도 안감도 없이 형편없는 천으로 아주 먼 나라의 어린아이들이 바느질한 기성복 시대의 도래에 속절없이 무너진 가게였다.

모두 식탁에 자리를 잡고 앉자, 할머니께서 일어나시더니 먼저 온갖 풍파에도 꿋꿋이 버텨 낸 남편을 기리며 건배를 외치고는 이어서 별 것 아닌 돌풍에 모든 것을 빼앗긴 아들을 호통쳤다. 할머니께서 말씀을 끝내자 구시렁거리는 소리가 들려왔다. 다음으로는 덤보가 일어나 그 자리에 모인 몇 안 되는 친구들과 가족, 손주들까지 모두에게 감사 인사를 전하고, 그때까지 자신이 버틸 수 있도록 힘을 줘서 고맙다는 인사도 했다. 더불어 자신이 저지른 몇 가지 실수에 대해서는 인정했다. 더 이상 일자리가 없던 시절에 가게에 들여 놓았던 작업복이나 자크 앙크틸의 트랙 슈트, 에미낭스 향수까지. 그러더니 가게를 한번 넓혀 볼 생각이라고 했다. 총 가게 면적은 500평에 달하고, 피에르 클라랑스나 어쩌면 피에르 가르뎅 같은 새로운 셔츠 브랜드들을 들여 놓을 생각이라고 했다. 그것 말고도 피네벨이나 압소바같이 말문이 막힐 만한 브랜드들을 언급했다. 그러는 동안 주변이 쥐 죽은 듯 조용했다.

끔찍한 정적이 감돌았다.

클레르는 부른 배를 이끌고 내 쪽으로 몸을 기울이더니 속삭였다, 지금 아빠는 자기가 무슨 말 하는지도 모를 거야, 감정이 너무 격해지신 거지, 오빠도 알겠지, 27년 동안 꾸려온 가게가 하루아침에 날아가 버리고, 그 자리에 포클레인이 떡하니 자리 잡고 있는 거 잖아, 사람 미치게 만드는 일이지.

덤보가 다시 자리에 앉자, 안느 아나가 웃기 시작했다. 불안함이 뒤섞인 억지웃음이었다. 안느 아나는 그 자리에 모인 모든 사람들에게 맛있게 식사를 즐기라고 했다. 그렇게 잔에 와인을 따르고 사람들 목소리가 점점 커졌다. 그렇게 특별한 요리들이 이어지고 행복한 진수성찬으로 쓰라린 마음을 모두 날려 버렸다.

나중에 우리는 다 같이 거실에 둘러앉았다. 꼭 상갓집에서 밤새는 모습 같았다. 어떤 의미에서는 그런 셈이었으니까. 아빠가 내 옆에 앉아 계셨다. 아빠는 줄담배를 피우고 코냑도 엄청 드셨다. 잔느는 모니크 품에 안겨 잠들었고, 마틸드는 방에서 인형을 가지고 놀았다. 담배와 시가 연기 때문에 눈이 매웠다. 옛날이야기를 하다 보니 점점 목소리가 커졌다. 과거는 늘 그리운 법이니까. 안느 아나가 벨기에 초콜릿과 리큐어를 내왔다. 클레르는 샤르트뢰즈 그린 한 잔을 단숨에 비우더니 이내 눈물을 글썽였다. 내가 클레르에게 55도수짜리 술이라고 주의를 주자, 클레르는 고개를 가로저었다.

– 아니, 그런 게 아냐, 클레르가 조용히 눈물을 흘렸다. 아빠 생각하면 마음이 아파. 클레르는 훌쩍거렸다. 다시 붙잡을 수도 없는 상황에서 무언가가 떠나가는 걸 그저 바라보는 일이 얼마나 힘들겠어. 제일 가슴 아픈 건, 떠나는 자의 비겁함보다 오히려 스스로의 나약함이 원망스럽다는 사실이지. 한 잔만 더 줘, 오빠. 나는 안 된다고 했다, 배 속의 아기를 생각해! 그냥 한 잔 더 줘, 그러고 애도

낳고, 다 끝내 버리게.

결국 우리는 피곤함과 취기를 이기지 못하고, 떠날 채비를 했다. 안느 아나가 불안해했다. 오늘 자리가 괜찮았던 것 같니, 그녀가 물었다, 저 사람이 만족해할까? 내일은 저 사람에게 힘든 날이 되겠지, 눈을 떴는데 더 이상 할 일이 아무것도 없는 거잖아, 더 이상 가게도 아무것도 없으니까, 솔직히 말하면 나 너무 무서워, 나는 내일 일이 있는데, 저 사람 혼자 집에 하루 종일 남겨 둘 생각을 하니 두려워, 생각만 해도 아찔하다고. 그러자 클레르가 배 속 아기가 아직 나올 기미가 없으면, 자기가 그 다음 날까지 있겠다고 했다. 클레르 양, 정말 고마워, 어쩜 그리 마음씨가 고운지.

나는 현관에서 아빠와 다시 마주 섰다. 아빠의 눈이 반짝였다. 아빠는 나를 품에 꼭 한번 안으셨다. 오늘 이렇게 와 줘서 고맙구나, 아빠가 말씀하셨다. 그나저나 왜 네 남동생은 오늘 오지 않았는지 모르겠구나, 우리 가족 모두 한자리에 모였으면 좋았을 텐데, 그 녀석을 기다렸는데.

순간 내 피를 타고 흐르던 뜨거운 알코올 기운이 차가운 슬픔으로 바뀌었다. 그 자리에 주저앉을 것만 같았다. 나는 손으로 입을 막았다. 나한테 전화 한 통 하라고 해, 덤보가 말을 이었다. 그때 덤보의 어깨 너머로 안느 아나의 모습이 보였다. 그녀는 이내 시선을 떨구고, 부엌으로 사라졌다. 나는 다시 아빠의 얼굴을 바라보았다. 아빠는 다른 곳을 바라보셨다. 아빠는 다른 곳에 계셨다. 아빠는 또 담배에 불을 붙이셨다.

무슨 일이 벌어졌다. 무언가가 깨졌다.

시간이 저녁 9시 가까이 됐을 무렵, 전화벨이 울렸다.

모니크가 전화를 받았다. 가만히 수화기에 귀를 대고 있던 모니크의 얼굴에서 핏기가 사라지고, 자줏빛 입술이 잿빛으로 변했다. 그러더니 내게 수화기를 건넸다. 안녕하세요, 젊은 여자 목소리였다. 목소리에 불행이 묻어났다. 저는 살마 드보라고 합니다, 애니 바송의 딸이에요. 나는 순간 멍해졌다. 드디어 올 것이 오고 말았다. 나쁜 소식이었다. 엄마가 열흘 전에 폐렴으로 돌아가셨어요. 나는 그대로 털썩 주저앉았다. 그런데 실은 엄마가 몇 년째 에이즈를 앓고 계셨거든요, 아저씨한테 알려 드리려고요, 어쨌든 엄마도 그러길 원하셨을 테니까요. 나는 아무 말도 하지 못했다. 뿌연 눈물이 쏟아져 내렸다. 고통과 두려움의 산물이었다. 수첩에 적힌 497명의 다른 이름들 사이에서 아저씨 이름을 봤어요, 아저씨 연락처를 겨우 찾아냈어요, 이제 됐네요, 전 분명히 말씀드렸어요, 아저씨에게 전염되지 않았길 바라요. 그렇게 그녀는 전화를 끊으려 했고, 나는 그러고 싶지 않았다. 더 알고 싶은 게 있었다.

– 엄마가 혹시 내 얘기한 적 있나요? 나는 다급히 소리쳤다.

– 아뇨.

– 얘기를……

- 안 했어요, 그녀가 딱 잘라 말했다.

- 괴로워했나요?

- 사람은 늘 괴롭죠.

- 저런…….

- 하지만 엄마는 행복했어요. 떨어져 나간다고 느꼈으니까요.

- 뭐가 떨어져 나간다는 거죠? 무슨 말인지 잘 모르겠군요.

- 끈적거리는 거요. 엄마는 세상 모든 남자들이 끈적거리고 더럽고 성가시다고 생각했거든요. (잠시 정적이 흘렀다.) 죄송해요.

그렇게 그녀는 전화를 끊었다.

나는 한참 동안 수화기를 손에 들고 있었다. 날카로운 소리로 이어지는 발신음이 나와 그녀를 잇는 마지막 끈이었다.

그녀가 처음으로 사무실로 들어서던 날, 그녀 얼굴에 번지던 미소를 떠올렸다. 그녀는 와인을 시켰는데 나는 커피를 시킨다며 놀리던 순간도 떠올렸다. '왜 아예 우유를 시키지 그랬어?' 그녀의 몸, 살갗, 맨드라미 빛깔 유륜, 큰 젖가슴, 뱃살에 이리저리 나 있던 튼살 자국, 우리의 도살장, 노골적인 쾌락, 쾌락을 즐긴 뒤 늘 뒤따라오던 갈라진 목소리, '어서 가, 꺼져, 꺼지라고'. 나는 더 이상 울지 않았다. 심지어 나도 모르게 희미한 미소가 번지는 듯했다.

잠시 뒤 고개를 들었다. 모니크가 내 앞에 서 있었다. 계속 그 자리에 꼼짝 않고 있었다. 모니크가 나를 바라보았다. 그녀의 눈빛이 어두웠다. 엄청난 폭풍우가 몰려오기 직전의 시커먼 구름같이 어두웠다. 짐승이며, 지붕이며, 이성까지, 모조리 날려 버릴 폭풍우 말이다. 나는 그제야 수화기를 내려놓았다. 더 이상 히스테릭한 발신음이 들리지 않았고, 정적 속에 우리 둘만 놓였다.

그 여자 사랑했어? 모니크가 물었다. 응, 내가 대답했다.

그 순간 폭풍이 휘몰아쳤다.

모니크는 그 자리에서 몸을 마구 흔들고, 양팔을 이리저리 휘저으며 손에 걸리는 대로 모조리 박살 내 버렸다. 스탠드형 램프부터 골동품, 잡지, 의자, 테이블, 액자, 재떨이, 쿠션, 텔레비전까지. 양팔은 꼭 번개 같았다. 순식간에 모니크의 벼락이 거실을 엉망진창으로 만들었고, 차례로 내 얼굴을 후려쳤다. 모니크의 번개가 날카롭게 세운 발톱이 내 살에 박혔고, 순간 피가 나는 느낌이었지만, 나는 아무런 저항도 하지 못했다. 모니크는 후려치고, 후려치고, 또 후려쳤다. 내 얼굴이 보기 흉할 만큼 벌게지고, 눈에서도 피가 배어 나올 때까지. 뒤늦게 내 모습을 발견한 모니크는 잠시 온몸이 굳어 꼼짝도 하지 않다가 양손을 자기 얼굴로 가져가 두 눈을 가렸다. 선홍색으로 물든 그녀의 손이 벌벌 떨렸다.

그때 갑자기 마틸드가 울부짖었다. 모니크는 서둘러 달려갔다.

인생은 아이러니하다.

거의 12주 가까이 얼굴에 할퀸 상처가 남아 있었다. 상처는 점점 아물어 그 자리에 검붉은 딱지가 앉았다 저절로 떨어지고, 세월이

가면서 점점 사라질 상처 자국만 엷게 남았다.

그 12주 동안, 실비아 시니발디와 나는 에이즈 예방 광고 캠페인을 구상했다. 이미 말했듯 인생은 아이러니하다. 익명을 보장받고 무료로 에이즈 진단하는 것을 장려하는 광고였다. 우리는 정보 전달 위주의 문구를 생각하고, 오로지 익명 보장성과 무료 측면을 강조했다. 그리고 영상에는 여러 사람들이 등장해 자신의 상태를 정확히 알면 성생활을 보다 잘 대처할 수 있다는 설명을 주로 했다. 전체적으로 뤼티 사탕 광고처럼 창의적인 광고가 아니었는데도 많은 사람들이 병원에 가서 진단을 받도록 이끄는 힘이 있었다.

그 사람들 중에 나도 포함되어 있었다.

나는 어느 날 이른 아침, 어슴푸레한 새벽빛이 아직 짙게 깔린 시간에 클리쉬에 있는 진단센터에 갔다. 내 이름은 묻지 않았다. 대신 번호표를 줬다. 채혈을 하고, 에이즈에 걸릴 만한 행동을 한 적이 있는지 물었다. 나는 대답하지 않았다. 이틀 뒤에 번호표를 가지고 다시 내원하라고 했다. 그 이틀 동안 내 심장은 더 빨리 뛰었다. 두려웠다. 에이즈에 걸린 것보다 죽는 게 더 두려웠다. 썩는다는 것. 여가수 바바라와 관련해 세간을 떠들썩하게 했던 병, 에이즈에 의해 갈기갈기 찢겨 잡아먹히는 것. 당시 사람들의 인기를 한 몸에 받던 바바라는 에이즈에 걸려 세상을 떠났다. 실비아 시니발디는 나의 두려운 마음을 알고 있었다. 결과는 금방 나올 거예요, 그녀가 나를 안심시키려고 말을 건넸다. 에이즈는 이제 더 이상 동성애자

나 마약중독자만이 걸리는 병이 아닌 걸요, 소위 말하는 부르주아나 사장님, 있는 집 자식들도 걸리는 병이라고요. 나는 잠을 이루지 못했다. 내가 모니크와 내 딸들에게 전염시킨 건 아닐까? 내가 애니 바숑과 헤어지고 만난 여자들에게 전염시킨 건 아닐까? 내가 범인이었던 건 아닐까?

이틀 뒤, 나는 다시 클리쉬에 갔다. 이번에는 어둠이 내려앉은 밤이었다. 의자에 앉아 내 차례를 기다렸다. 맞은편에 한 젊은 여자가 결과지를 들고 있었다. 그녀의 손이 벌벌 떨렸다. 그러다가 갑자기 닭 목을 비틀 때처럼 격렬하게 종이를 움켜쥐고는 소리를 질렀다. 간호사 한 명이 달려왔고, 결국 한 명이 더 달려왔다. 젊은 여자가 울부짖었다. 지금까지도 그녀가 '죽기 싫어요, 제발'이라고 울부짖던 소리가 귓가에 맴돌아 밤마다 잠에서 깬다.

마침내 내 차례였다. 나는 진찰실로 들어가, 번호표를 내밀었다. 의사가 결과지를 찾으려고 상자를 뒤졌다. 내 기분에는 결과지를 찾기까지 마치 몇 시간이 걸린 듯했다. 마침내 의사가 결과지를 보더니 말했다, 음성이네요. 순간 구역질이 났다. 음성이라면, 테스트가 잘못됐다는 건가요? 내가 웅얼거렸다. 의사가 빙긋이 웃더니 가까이 다가와 말했다, 아뇨, 걱정 마세요, 음성이란 말은 선생님 피에서 HIV에 대항하는 항체가 발견되지 않았다는 뜻입니다, 에이즈에 감염되지 않으셨다는 말이죠. 정말인가요? 네, 진단은 정확합니다. 나중에라도 걸릴 가능성이 없는 건가요? 안전한 성관계를 맺으

신다면 걸릴 이유가 없죠. 나는 잠시 아무 말도 하지 않았다. 의사가 나를 쳐다보았다. 떨리는 내 입술을 보았다. 뭐 하시고 싶은 말씀 있으세요? 의사가 더욱 더 차분한 목소리로 물었다. 나는 고개를 들었다. 눈시울이 화끈거렸다.

누가 죽어서요, 그냥 그래서요, 내가 중얼거렸다. 어떤 소중한 사람이요.

당신이 잘나가면, 학교를 갓 졸업한 여자들이 당신한테 자기들이 쓴 '책'을 보여주며, 자기들을 인턴으로 뽑아주면 몸을 줄 수도 있다고 말하게 된다.

당신이 잘나가면, 광고 에이전시 파티장에서 약혼자가 있는 비서를 건드리는 것도 식은 죽 먹기가 된다.

갑자기 주변에 엄청난 스펙의 친구들이 생겨 나고, 당신더러 잘생기고, 똑똑하고, 멋지고, 재미있다고 얘기하는 사람들도 많아진다.

당신은 헤드헌터들의 이상적인 먹잇감이 된다. 라파엘 호텔에서 우아하게 아침식사를 즐긴다. 바에 마련된 (피아노가 놓인 커다란 방에서) 아페리티프를 마신다. 다른 광고 에이전시 사장들이 너도나도 당신이 필요하다고 한다. 광고 기획 부서를 이끌어 달라고 한다. 고급 레스토랑에 당신을 초대해, 디저트를 먹고 커피가 나오기 전에 연봉 백만 프랑을 제시한다. 게다가 커피를 마시는 동안에는 메르세데스 벤츠도 제공하겠다고 한다.

나는 전부 받아들였다.

여자 인턴의 작은 호의, 치마를 들어 올리는 비서, 엄청난 친구들, 연봉 백만 프랑, 메르세데스 벤츠 420, 커피를 마신 뒤에 건네는 시가까지.

나는 스물아홉 나이에 글로 먹고 살았다. 하지만 잉크병을 잘못 골라 펜을 담갔다.

글을 쓰긴 했지만 상처를 치유하지는 못했다.

어느새 나는 너무도 쉽게 운을 맞추고, 웃긴 슬로건을 뽑아 내고 있었다. 보비가 말한 이상향은 잊어버린 지 오래였다. 아빠의 가르침도, 엄마의 격려도.

나는 스물아홉 나이에 '크리에이션 부서장'이 되었다. 웃긴 직함이지 않은가? 크리에이션을 달랑 혼자서 관할한다고?

모니크는 연봉이 백만 프랑이라는 얘기에 기뻐 날뛰었다. 그럼 이제 이 코딱지만 한 집에서 벗어날 수 있겠네. 얘들아, 얼른 짐 싸!

모니크는 그 다음 날부터 당장 새 집을 찾아 나섰다. 돈이 철철 넘치는 자신을 상상했다. 로라 애슐리 매장에 있는 물건들을 모조리 사들이고, 취향에 맞게 디자인 된 소파를 맞추고, 보피에서 부엌을 주문하고, 에르메스 매장에서 죽치고 있거나 켈리 백 혹은 버킨 백을 마음껏 사며 말이다. 모니크는 친정 엄마와 몇 시간이고 전화 통화를 하며 웃고 낄낄거렸다. 잡지도 몇 장씩 통째로 뜯어 놓았다. 친정 엄마가 파리에 2주일 정도 들르면, 둘이서 근사한 메르세데스

새 차를 타고 집들을 구경 다니고, 베르사이유, 생 제르맹 앙 레 숲, 퐁텐블로 숲으로 드라이브도 나갔다. 어떤 날은 주아니까지 가서 유명 셰프가 운영하는 고급 레스토랑에서 점심을 먹기도 했다. 천문학적인 금액이 찍혀 있는 계산서에는 송아지 갈비, 트러플을 곁들인 돼지감자, 베이컨을 넣은 그린피스 스프, 아라비카 퐁 드 보까지 온갖 요리 이름이 나와 있었다. 나는 계산서를 보고 화가 치밀었다.

모니크는 남포르투갈 로울레 출신인 마릴다 코르테스를 유모로 들였다. 코밑에 거뭇거뭇한 수염이 난 부인은 자기가 심한 사팔뜨기라며 걱정했지만 우리 두 딸들을 누구보다 친절하게 돌보는 사람이었다.

모니크는 이디스 워튼의 작품 『환희의 집』 속 여주인공 릴리 바트 같은 삶을 살았다. 사치를 갈망했다. 마치 그런 생활을 해야지만 숨통이 트이는 여자처럼. 단 몇 주 만에 돈이 그녀의 피가 되고, 힘이 되는 모습을 직접 목격했다. 예전에 연기 수업을 같이 들었던 친구들과 파티를 여는가 하면, 육상 선수에게 바베이도스행 비행기표를 보내기도 했다. 바베이도스는 12년 전에 둘이서 언젠가 꼭 함께 가자고 약속한 곳이었다. 게다가 모니크가 열렬히 아끼는 사진작가 데이비드 해밀턴의 사진집 『젊은 여성의 꿈』, 『프라이빗 컬렉션』, 『비리티스』를 모두 사 모았다.

나는 모니크를 그만 말리려고 했다. 나는 『환희의 집』에 나오는 퍼시 그라이스● 같은 갑부도 아니고, 수완도 없고, 로렌스 셀든●● 같은 매력도 없는 사람이라고 설명했다. 하지만 모니크는 이디스 워튼의 책을 읽어 본 적이 없었다.

— 당신 어떨 때 보면 참 쩨쩨해, 모니크가 받아쳤다.

결국 모니크는 파리 근교 벡생 프랑세에 있는 대저택을 이사할 집으로 골랐다. 11세기 로마네스크 양식의 작은 성당이 뒤에 서 있는 곳으로, 파리에서 50킬로미터가 채 안 되는 거리에 위치한 곳이었다. 아침마다 차 몰고 출근하기에 그리 멀지 않을 거야, 에두아르, 거기서 살면 정말 행복할 거야, 애들도 정말 좋아하고, 애들은 벌써 각자 자기 방을 골랐어, 텃밭도 만들고, 게다가 관리인 집은 게스트룸으로 아주 예쁘게 꾸밀까 해, 마릴다 아주머니도 우리랑 같이 가서 살겠다고 했고, 그러니까 제발, 좋다고 해, 제발.

나는 내가 저지른 과오를 씻어 낼 생각으로 좋다고 했다. 애니 바숑과의 일을 용서받기 위해, 나의 부족했던 사랑을 만회하기 위해.

나이가 쉰셋이었지만 우리 엄마는 젊은 엄마였다.

엄마는 아침부터 저녁까지 클레르의 아들 알렉상드르를 돌보느라 바쁘셨고, 다른 일은 안중에도 없으셨다. 하지만 '애비 없는 자식'이 낮잠을 자는 몇 시간 동안에는 『안젤리크』 시리즈 완결판에

● 『환희의 집』 등장인물.
●● 『환희의 집』 등장인물.

푹 빠져 계셨다. 백발이었지만 마음만큼은 소녀 감성이셨다. 겉모습은 늙으셨지만, 속은 그 누구보다 젊으셨다. 엄마는 방에 냄새가 밸까 봐 창가에서 담배를 피우며 책에 열중하셨다.

엄마는 조프리가 그레브 광장에서 화형 당하는 장면에서 눈물을 흘렸고, 안젤리크가 초콜릿으로 떼돈을 버는 장면에서는 웃었다. 그리고 안젤리크가 노예처럼 팔려가는 장면에서는 섬뜩함을 느꼈다. '안젤리크와 그의 연인' 편에서 레카토르가 다름 아닌 조프리였다는 사실을 알게 되는 순간에는 깜짝 놀라 창문으로 떨어질 뻔했다.

쉰셋이라는 나이에 엄마는 자기만의 방식으로 아들의 죽음을 받아들였다. 일상 속의 공허함을 바람, 배, 해적, 배신, 사랑으로 달랬다. 엄마는 늘 그래왔듯 살아남았다. '불행한 딸'을 어떻게든 밖으로 내보내려 애쓰셨다. 남자들을 만나야지, 혼자서 어떻게 살 거야, 더구나 애까지 있는데, 애가 어릴 땐 괜찮아, 귀여우니까, 그런데 애가 좀 크고 나면 남자들이 다른 남자 자식은 꺼려해, 남자들이란 항상 자기가 첫 번째가 되고 싶은 습성이 있거든, 처음으로 눈물 흘리게 하고, 피 흘리게 하고 싶어 하지, 클레르, 넌 예뻐, 자신감을 가져, 밖에 나가면 알렉상드르는 잊어, 좀 이기적으로 살아, 너도 살아야지.

엄마는 진짜 엄마였다, 애쓰는 엄마였다. 자기 딸이 행복해지고, 다시 남자의 마음을 뺏을 수만 있다면, 손자도 자기가 데리고 살 생각이었다. 심지어 자기 배 아파 낳은 자기 자식으로 만들 생각까지 있었다.

일요일 아침, 모니크와 딸들이 11세기 로마네스크 양식의 작은 성당이 뒤에 서 있는 대저택에서 종종 늦잠을 자고 있을 때면, 나는 메르세데스를 몰고 나와 A1 고속도로를 달렸다. 크루아 집에 크루아상과 팽 오 레를 사들고 가서, 한 시간도 좋고 두 시간도 좋고 시간이 되는 대로 머물며, 엄마와 여동생 나 이렇게 셋이서 시계 바늘을 옛날로 되돌려보려 했다. 각자가 멋진 인생을 꿈꿨던 그 시절로.

엄마는 여생을 행복하게 보내고, 나는 작가가 되고, 남동생은 천사가, 여동생은 공주님이 되고, 마지막으로 덤보가 우리와 함께이길 꿈꾸며.

대저택은 순식간에 집안을 거덜 내는 존재가 되고 말았다.

보일러부터 지붕, 인테리어, 가전제품, 마틸드를 위한 그로트리안 스타인베그 피아노까지―모니크는 굳이 내게 모차르트는 5살에 클라브생을 연주하기 시작했다는 사실을 얘기했다. 게다가 운동기구까지 들였다. 둘째 출산 이후에 감량하지 못하고 그대로 가지고 있던 살 15킬로그램을 빼고, 연극계로 '컴백'을 시도하기 위해서였다. 돈이 많이 드는 노력이었다. 모니크는 겨우 0.5킬로그램을 빼고는 마치 자기가 클레오니스(『연인들』), 올리비아(『십이야』), 안티고네(『안티고네』), 에스텔(『출구 없는 방』)인 양 포즈를 잡고 프로필 사진을 찍어 연락처를 아는 캐스팅 감독이란 감독들 모두에게 보냈다.

모니크는 유모 마릴다 코르테스에게 프랑스어를 가르칠 생각으로 포르투갈어를 배우고 싶어 하는 그 지역 대학생 한 명을 과외 선생으로 들였다. 하지만 앳된 대학생은 수업 첫날 마릴다 코르테스의 거뭇거뭇한 수염에 놀라고 말았다. 과산화수소를 부어 콧수염 색을 엷게 만들고 싶은 생각이 들 정도였다. 그러자 마릴다 코르테스가 위세를 부렸다. 면도날로 허공을 가르듯 손을 휘저으며, 거칠게 한마디 내뱉었다. '프리다 칼로 이스타바 탕 보니투!'* 겁에 질린 여학생은 도망가고 말았다. 결국 마릴다 코르테스는 그 뒤로 계속 서투르게 프랑스어를 했고, 그 말에 아이들은 즐거워했다. 애들 엄마도 마릴다 코르테스에게 제대로 된 프랑스어를 배우게 하겠다는 생각을 접었다.

잔느는 이 집에서 걸음마를 뗐고, 마틸드는 생애 첫 시를 썼다.

아빠 생일이네요
정말 좋아요
아빠는 멋쟁이
아빠가 하하 웃으면 나는 히히

맹세컨대 나는 딸이 쓴 수줍은 시구에 조금도 놀라지 않으려 마

---

* '프리다 칼로가 얼마나 아름다운데!'라는 뜻. 남미 쪽에는 여성들도 짙은 눈썹 및 콧수염이 나는 다모증이 나타나는 경우가 종종 있다. 그래서 남미 대표 여성화가인 프리다 칼로의 작품에는 짙은 일자수염과 거뭇거뭇한 콧수염 등이 주요 특징으로 표현되어 있다.

음을 다잡았다. 속눈썹의 떨림도, 입술의 떨림도 어떻게든 붙잡았다. 그저 꼼짝 않고 있었다. 내 딸을 지옥에서 구해 내기 위한 몸부림이었다.

– 아빠는 내가 쓴 시가 별로예요?

– 귀엽구나. 우유, 마저 마실까?

– 엄마가 아빠는 아빠가 쓴 글을 싫어해서 불행하다고 했어요.

저런. 아무 말이나 나불거리는 인간들은 절대 위대한 시인이 될 수 없는 법이지.

한편 나는 더 이상 매일같이 왕복 100킬로미터에 이르는 출퇴근 길을 견딜 수 없었다. 아무리 근사한 독일차를 타고 다닌다 해도 말이다. 그래서 파리에 있는 호텔에서 잘 때가 많았다. 어떨 땐 비서의 품에 안겨 자기도 하고 어떨 땐 인턴의 입 속에서 자기도 했다. 나는 일을 엄청나게 많이 했다. 연봉 백만 프랑을 받으려면 그래야만 했다. 우리는 크레디 아그리콜한테 광고 예산을 아주 넉넉하게 따냈다— 기분 좋은 복수였다, '1830년부터 대대손손 이어져 오는' 가게가 있던 자리에 크레디 아그리콜 지점이 생겼더랬다.

근사한 우리 집에서 200킬로미터 떨어진 곳에 사는 클레르는 가톨릭 친목회에서 주최한 파티에서 홀아비를 한 명 만났다. 무뚝뚝한 남자야, 매정한 나랑 천생연분이겠어. 클레르는 남다른 고통을 겪었던 탓인지 자기도 모르는 사이 유별나고 무정한 사람이 되고 말았다. 나는 클레르에게 회사에서 기획한 광고 제품들을 종종 소포로 보냈다. 분유부터 이유식, 기저귀, 치약, 세제까지. 한번은 클레르가 말했다, 이제 좀 그만해, 오빠의 동정 따윈 필요 없어. 동정이 아니라 그냥 세제야. 그걸로 내 아픔을 씻어 낼 순 없다고!

클레르 집에서 5분 거리에 사는 덤보에게는 소변 장애가 왔다.

서머타임이 해제되고, 아침이 한 시간 늦게 찾아왔다.

그렇다 보니 덤보는 평소보다 한 시간 일찍 눈 뜬 셈이었고, 눈 뜨자마자 엄청 소변이 마려웠다. 그래서 화장실로 갔다. 가는 길에 현관 쪽에 놓인 협탁에 부딪히며 유리 깨지는 소리가 났고, 결국 덤보는 화장실에서 축축하게 젖은 잠옷 바지를 꺼냈다. 안느 아나도 이제 거의 한계에 도달한 상황이었다. 처음에는 그저 받아들이고 참고 견뎠지만 어느 순간 도가 넘고 만 것이다.

덤보는 깜빡깜빡하고, 집중도 못하고, 말도 안 되는 소리를 하고, 금시계를 어디다 뒀는지도 모르고, 혼자서 구두끈도 묶지 못하고, 셔츠 소매도 제대로 찾지 못하고 헤맸다. 아무것도 아닌 일에 화를 내고, 뭐가 조금이라도 흐트러져 있으면 불안해했다. 식기가 제자리에 놓여 있지 않거나, 컵에 따른 물 높이가 평소와 다르거나 하면 말이다. 가스 불을 그냥 켜 놓기도 하고, 따뜻한 수돗물을 틀어 놓기도 했다. 신경쇠약 때문에 폭력적으로 돌변하기도 하고, 마비가 오면 한없이 우울해하기도 했다. 같은 동작을 광적으로 반복하기도 했다. 오른손으로 왼손 손바닥을 피가 날 때까지 문지르거나 흔들의자에 앉아 균형을 잃고 넘어질 때까지 흔들거나 찢어질 정도로 귓불을 잡아당겼다. 허탈감과 침묵에 휩싸여 있기도 했다. 얼굴만 보고는 이름을 떠올리지 못하는 사람도 생겼고, 사진을 보고 아무런 기억을 떠올리지 못하기도 했다. 억지로 먹은 아이들이 토할 때처럼 먹은 음식을 다시 뱉기도 하고, 스프를 질질 흘리면서 먹기도 했다. 게다가 몸의 움직임도 부자연스러웠다. 심지어 안느 아나를 못 알아보고 누군지 이름도 말하지 못하는 순간까지 있었다. 게다가 잠옷 바지에 오줌을 싸기도 했다.

대뇌피질 위축증, 기억 장애, 신경 기능 감퇴, 신경전달물질 손실, 아포리포단백질 E 유전자 발현 증상이 나타났고, 그보다도 고통과 두려움, 공포 증상이 더 심각하게 나타났다.

안느 아나가 내게 말했다, 더 이상은 나도 못 하겠어, 너무 버거워, 15년 넘게 살았는데 이제 와서 어쩜 이럴 수가 있어, 더 이상 내 이름도 모르고, 내가 누군지 알아보지도 못하고, 심지어 자식도 못 알아보는 사람이 되었다는 게 말이 되냐고, 끔찍하구나, 나랑 똥이랑 이제 다를 바가 뭐가 있어, 죽을 만들어 갖다 줘도 얼빠진 사람처럼 멍하니 바라보고만 있으니 원, 미안하다, 나도 네 아버지에 대해 이런 식으로 얘기하고 싶지 않은데, 너도 마음이 아프지, 아파하는 모습이 보여, 그런데 나 역시 마음이 아파, 내가 지워지고 존재하지 않았던 것 같은 기분이 들어, 더 이상 추억도 없고, 아무것도 없어, 친밀감도 살갗도 체취도 피부도 없다고, 이런 말 하기 좀 그렇지만 요 전날에는 그 사람 목욕을 시키면서 내 손으로 성기를 쥐고 평소에 해 주면 좋아하던 대로 애무를 해 준 적이 있었어, 그 감각과 기억을 되살려보려고 말야, 그런데 글쎄 그 순간 고함을 지르더니 나를 할퀴려 들더라고, 혹시나 혼자 욕조에 두면 빠져 죽을까 봐 피하지도 못하고 그대로 있었지, 이제 욕조에서는 앉은 채로 있어야 하는 것도 모르고 물속에서 숨 쉬는 법조차 모르니까, 이제 할 줄 아는 게 없어, 그러니 내가 그 사람 옆에 있든 말든 달라질 게 없는 거지.

그렇게 안느 아나는 그 해 겨울 아빠를 버렸다.

그녀는 우리에게 와서 아빠를 데려가라고 했다. 사람들이 대형 가전제품 수거 센터에 전화해서 못 쓰게 된 세탁기를 찾아가 달라고 요청할 때처럼 말이다.

우리가 넓은 집에서 처음으로 보내는 크리스마스였다.

모니크는 아비타*에서 크리스마스 트리와 장식을 사들고 와 집을 꾸몄고, 이틀 내내 두 딸과 크리스마스 음식을 준비했다. 잊지 못할 첫 번째 크리스마스를 꿈꿔 왔다. 마지막 기회를 꿈꿔 온 것이다.

모니크가 보낸 프로필 사진을 보고, 캐스팅 감독이 전화를 했는데, 〈메그레〉 TV 시리즈 한 편에 대사도 없는 아주 작은 역할이라

● 프랑스 인테리어 소품 및 가구점.

는 얘기를 듣고는, 자기 경력을 늘어놓으며 단칼에 거절했다. 프란시스 허스터와 같이 연기한 사람이에요, 〈마리안느의 변덕〉 작품 중에 두 장면이나 함께 연기했다고요, 그러니까 말도 안 되는 얘기죠, 브루노 크레머 뒤로 멀리서 지나가는 역할이나 하라니, 거절하겠어요!

그 해 겨울은 유난히 추웠다.

그리고 그때가 우리가 대저택에서 보낸 마지막 크리스마스였다.

모니크는 두 딸에게 아주 평범한 선물을 주었다. 수의사 바비, 모자 디자이너 바비, 간호사 바비, 공주 바비. 이성에 눈을 뜨기 시작한 마틸드에게는 바비 인형 말고, 바비 남자친구 켄도 같이 선물했다. 내게는 몽블랑 만년필 한 자루를 선물했다. 이미 나의 은행 거래 명세서에서 만년필 산 돈이 찍혀 있는 걸 봤었다. 그 집에 들여놓은 모든 물건들이 그랬듯.

아이들을 돌봐 주는 마릴다 코르테즈에게는 방에 놓고 볼 수 있는 소형 소니 TV와 샤넬 No.5 향수를 선물했다. 마릴다는 선물을 받아 들고는 어린애처럼 환호성을 질러 댔다. 급기야 마릴다와 아이들은 셋이서 손을 잡고 빙글빙글 돌고 발을 구르기 시작했다. 셋이서 기뻐하는 모습에 모니크와 내 입가에 걸려 있던 슬픈 미소는 잠시 사라졌다.

기쁨의 춤을 다 추더니 모두 내 쪽을 바라보았다. 이번에는 내가 선물을 줄 차례였다. 이미 두 딸 방에는 잘 가져 놀지도 않는 장난감부터 관절이 빠진 인형, 망가진 농장 동물 인형들이 넘쳐 나고 있었다. 그래서 나는 책을 한 권 선물했다. 두 딸을 위해 내가 직접 쓴 책. 『냄새 나는 늑대』.

태어나자마자 생선 가게 진열대 근처에 버려진 늑대 이야기였다. 결국 늑대한테서 고약한 생선 냄새가 나자, 마을에 있던 고양이라는 고양이는 모두 나와 늑대를 쫓았다. 새끼 늑대는 간신히 으슥한 골목길에 숨었고, 그곳에서 만난 늙은 고양이가 늑대더러 숲으로 돌아가는 게 좋을 거라고 했다. 하지만 숲에는 사냥꾼들이 득실거리잖아요! 냄새 나는 새끼 늑대가 불안에 떨며 말했다. 그러자 늙은 고양이가 대답했다, 사냥꾼들은 물고기를 사냥하지 않지, 그건 낚시꾼들이지.

그렇게 숲으로 돌아온 늑대는 토끼와 들쥐, 새들과 잘 어울려 지냈다. 물고기를 경계하지 않는 동물들이었으니까.

그런데 동물들이 결국 알아차리고, 서로 이야기를 주고받았다. 지나가다가 생선 냄새가 나면 조심해, 늑대니까.

그렇게 새끼 늑대는 숲에서 다시 혼자가 되었고, 결국 다시 마을로 내려와 조향사를 만났다. 조향사는 늑대에게 세상 사람 모두가 좋아하는 냄새가 나도록 해 주겠다고 했다. 친구들을 끌어 모을 냄새, 초콜릿 냄새.

하지만 아이들 수백 명이 졸졸 따라온다면, 늑대에겐 이게 웬 공포이겠는가? 그래서 늑대는 사람들에게 공포를 주는 향을 만들어 달라고 했다. 바로 늑대향. 하지만 늑대 냄새가 나는 늑대는 결국 먹잇감을 멀리 도망가게 만들고, 사냥꾼들을 다시 불러 모으고 말았다.

늑대는 마지막으로 다시 마을로 내려와 비누를 하나 사서, 몸에서 원래의 생선 냄새가 날 때까지 깨끗이 문질러 씻었다.

그래서 어떻게 됐어요?

- 얘들아, 이제 자러 갈 시간이야, 모니크가 말했다, 마릴다 이모가 재워 주실 거야. 자기 전에 화장실 한 번 다녀오는 거 잊지 말고, 손이랑 이도 깨끗이 닦도록 하렴.

- 아빠가 준 선물 정말 멋져요, 마틸드가 날 안으며 말했다.

- 늑대는 결국 죽어요? 잔느가 걱정하는 목소리로 작게 속삭이며 물었다.

- 아빠가 나머지 이야기는 내일 들려주실 거야, 마릴다 코르테즈가 아이들을 데려가며 포르투갈어로 말했다.

그렇게 아이들이 방으로 가고 우리 둘만 남았다. 나는 담배에 불을 붙였고, 모니크는 와인 한 잔을 따랐다.

모니크와 나는 둘 다 알고 있었다. 막이 내리고, 끝이 났음을.

당신이 바로 냄새 나는 늑대야, 모니크가 먼저 운을 뗐다, 브뤼셀에서 그 여자 만난 뒤로 당신 손가락에서 냄새가 나서가 아니라, 당신도 이야기 속 멍청한 늑대처럼 스스로의 모습에 만족하지 못하잖아, 스스로를 사랑하지 못하는 사람은 다른 사람을 사랑할 수 없는 법이지. 그러면서 모니크는 와인을 한 모금 마셨다. 마틸드가 태어났을 때, 사실 죽고 싶었어, 당신이 날 사랑하지 않았으니까, 그러면서도 당신은 끝까지 떠나지 않더군, 우린 브뤼셀을 떠나 파리로 왔지, 당신은 마틸드를 돌보고 글도 다시 쓰기 시작하더라고, 내가 당신을 쫓아가도 당신은 날 함께 데려가지 않았어, 그때가 당신이 쓴 이야기 속 늑대처럼 당신한테서 초콜릿향이 나던 때였지. 모니크는 술잔에 남아 있던 와인을 죽 들이켰다. 나중에 내가 다시 돌아온 건, 마틸드가 당신한테 가고 싶어 했기 때문이야, 이게 말이 되냐고, 이제 막 걸음마를 뗀 돌 지난 여자애한테 누구한테 가고 싶냐고 물었더니 아빠한테 가고 싶다고 하잖아, 젠장 빌어먹을!

모니크는 빈 술잔을 다시 채웠고, 술잔이 넘쳐흘렀다.

그 넓은 집안에, 2층에서 화장실 물 내려가는 소리가 멀리 들리더니, 어느새 정적이 내려앉았다.

당신이 쓴 냄새 나는 늑대 이야기 끝이 어떻게 되는지 내가 한번 얘기해 볼게.

우리는 기이한 세대였다. 사랑에 빠진 여인과 덤보, 바깥에는 총알이 빗발치는 동안 지하에, 피난처에 몸을 숨긴 채 어린 시절을 보낸 그 세대의 수많은 사람들의 아들딸이었다. 엄마는 발랑시엔 상공에 유유히 떠다니던 영국 낙하산 부대의 공격을 두 차례 겪으셨다. 당

시 엄마가 네 살 때였다. 한편 덤보는 하마터면 포탄을 맞고 무너진 시청 건물 아래 매몰될 뻔했다. 당시 덤보 나이가 여덟 살이었다. 그 다음 날 그 자리에 가 보니, 건물 정면만 덩그러니 서 있었다고 했다. 마치 하늘을 헤집어 놓은 메서슈미트 전투기에게 가운뎃손가락을 날리듯 말이다. 덤보의 또래 친구들은 포로로 잡혀갔고, 그 뒤로 다시 보지 못했다. 끔찍한 소리를 듣고, 고기는 점점 귀해지고, 괴혈병이 나돌고, 더 이상 음악소리도 들리지 않았고, 할아버지는 마우트하우젠 수용소에 강제로 끌려가셨다.

하지만 대부분의 아이들은 살아남았고, 살아남은 자의 불행을 몸소 체험했다. 그래도 견디며 살아갔다. 그 아이들이 훗날 어른의 문턱에 들어설 때쯤에는 알제리 전투를 겪었고, 그곳에서도 살아남았다. 몇몇은 덤보처럼 살인범이 되어 전쟁터에서 돌아왔고, 자기혐오도 견디며 살아갔다. 그래서 그들은 나이가 들면서 모든 것을 맛보고 싶어 했다. 세상의 모든 것을 맛보며 행복을 느꼈다. 배반, 불손, 우울, 정신분석 치료, 가벼운 약, 록큰롤, 성공, 실패, 이혼. 그들은 더 이상 죽음이 두렵지 않았고, 사랑은 꼭 필요한 것이 아니라 그저 다른 수많은 것들 중 하나라는 걸 깨달았다. 사랑 없이도 살 수 있었다.

그들을 구한 건 사랑이 아니라, 비겁함이었다.

결국 쾌락만을 생각하며 성관계를 맺었고, 상대를 사랑하는지 아닌지는 별로 중요치 않았다. 그리고 그들을 치료하는 일은 훗날 자식들에게 떠넘겼다. 어지러운 세상의 질서를 바로잡는 일까지도. 그렇게 우리는 피난처 잔해와 빗발치는 총알, 모래사막 아래에 내버려진 아이들의 꿈을 짊어진 채 이 세상에 태어났다.

그들은 우리에게 사랑이 무엇인지 가르쳐 주지 않았다. 우리는 스스로 사랑을 찾아내야만 했다.

일곱 살 때 처음으로 수줍게 시를 썼고, 그걸로 된 거였다. 넌 작가가 될 거야, 작가가 돼서 우리의 이야기를 쓰고, 우리를 구원할 거야. 날개 달린 우리 남동생, 넌 우리의 수호천사가 될 거야, 우리가 실패한 모든 것에 무덤덤할 수 있도록. 그리고 귀여운 장밋빛 공주님, 비록 사랑이 언제나 널 꼭 붙잡지 않고 그저 스쳐 지나겠지만, 너는 초라한 우리의 모습을 위로해 주는 거울이 되겠지, 초라한 모습을 받아들일 수 있도록.

『냄새 나는 늑대』의 다음 이야기는 없었다. 크리스마스 다음 날, 나는 사라졌다.

나는 엄마 집에서 마련된 새해맞이 점심식사 자리에 참석했다. 엄마가 크루아로 거처를 옮긴 뒤 처음 있는 일이었다. 엄마는 모니크와 두 딸을 데려오지 않은 모습을 보자마자 의아해하셨다. 나는 거짓말을 했다, 잔느가 열이 39.5도까지 올라서요. 엄마가 빙긋이 웃으며 어깨를 으쓱하시고는 말씀하셨다, 애야, 넌 내가 바본 줄 아니?

클레르는 벌써 와 있었다. 거실에서 무뚝뚝한 남자의 어깨에 고개를 기대고 있었다. 얼어붙은 클레르의 마음에 불을 지핀 홀아비 말이다. 이름은 이브, 통통하고 머리가 벗어진 모습에 인상 좋아 보이는 40대였다. 그 남자의 딸은 알렉상드르와 놀고 있었다. 이름은 자닌, 나이는 열세 살, 이마에 여드름이 나 있고, 치아 교정기를 끼고, 슬픈 눈빛을 지닌 여자아이였다. 그렇게 모든 것이 제자리를 찾았다. '매정한 사람'이 '무뚝뚝한 사람'을 밖으로 끌어낸 거였다. 클레르는 아들에게 진짜 아빠를 만들어 주고, 자기 자신은 자닌에게 새 엄마가 되었다. 언뜻 보기에 고통은 새롭게 찾아온 행복 속으로 사라졌다. 하지만 클레르의 안색은 여전히 강가 조약돌이 지닌 잿빛이었고, 이브의 키스도 아직은 클레르의 두 뺨을 발그레하게 만들지는 못했다. **클레르는 또 말하겠지, 잘될 거야, 살아남아야지.**

엄마가 샴페인을 내오셨고, 잔느가 열이 나는 바람에 모니크가 오지 못했다며 양해를 구하셨다. 그러자 이브가 한마디 했다, 저런 아쉽네요, 인사를 나누고 싶었는데.

우리는 꽤나 서둘러 식탁으로 자리를 옮겼다. 매년 그렇듯 메뉴는 푸아그라와 로스트비프, 감자 크로켓이었다. 이브는 외국계 보험회사 세일즈맨이었다. 일은 할 만해요, 이브가 말했다, 실적이 좀 줄어도 이런저런 보상이 있으니까 괜찮아요, 얼마 전엔 회사에서 클리오 차를 한 대 주더군요, 멋지죠. 이브의 아내는 6년 전에 집에서 혼자 점심을 먹다가 생선 가시가 목에 걸려 질식사했다. 간신히 수화기를 들고 119에 전화를 걸었는데, 접수를 받은 구조대원은 그녀의 전화를 장난전화라고 생각했다. 이브는 구조 의무 태만죄로 고소를 하려 했지만 여의치 않았다. 난 그날 이후로 119에서 만드는 달력은 절대 사지 않고, 자긴은 구조대원을 하려는 남자와는 절대 결혼하지 않기로 했어요, 그렇지 자긴? 식사는 빨리 끝났다. 나는 다 먹은 그릇을 들고 부엌으로 갔다. 그러자 클레르가 내 뒤꽁무니를 따라오며 물었다, 저 사람 어때? 좋아 보이네. 솔직히 내 이상형은 아냐, 클레르가 말했다, 어떨 땐 못생겼다는 생각도 드는데 웃을 땐 잘생겨 보여……, 클레르는 갑자기 숨 막힐 듯 흐느꼈다. 꼭 생선 가시가 목에 걸린 사람처럼. 나는 클레르를 꼭 안았다. 클레르의 몸은 차가웠고, 벌벌 떨고 있었다. 살면서 뭐 그리 대단한 걸 바란 것도 아닌데, 그녀가 중얼거렸다, 그저 누군가와 만나 예쁜 사랑을 하는 것, 그뿐인데, 예쁜 사랑, 난 왜 그것조차 할 수 없을까.

그녀의 머리카락에 입을 맞추었고, 그 순간 13년 전, 1978년 어느 날 저녁 분홍빛 방에 있던 클레르의 모습이 떠올랐다. 나는 겨우 바칼로레아에 합격한 지 얼마 되지 않은 때였고, 여동생은 열네 살 때였다. 그녀는 자기 방 침대에 누워 쉴라와 B. 디보션이 함께 부른 노래 '오텔 드 라 플라주(Hôtel de la plage)'를 틀어 놓고, 마리 클레르 잡지에 실린 배신당한 여자 이야기를 읽고 있었다. 벽면에는 리차드 기어와 티에리 레미트의 포스터가 붙어 있었다. 클레르는 백마 탄 왕자님이 있다고 믿었다. 진짜 왕자님이라면 모를까, 남자랑 성관계 갖는 일을 두려워했다. 클레르가 이번이 정말 내 첫 경험이냐고 물었고, 나는 상냥한 목소리로 대답했다, 응, 응, 좋았어. 그러자 클레르는 훗날 언젠가 만난 남자가 자기한테 그렇게 말해 주길 바랐다. '응, 응, 좋았어.'

잠시 뒤 남동생이 방으로 들어와 날개로 우리를 감쌌고, 우리의 유년 시절은 그렇게 모습을 감추었다.

파리 메르퀴르 호텔에 방을 잡았다.

나는 크리스마스 날 밤, 11세기 로마네스크 양식의 작은 성당이 뒤에 서 있는 대저택을 떠났다. 마틸드와 잔느는 가슴에 바비 인형을 꼭 안은 채 자고 있었다. 한편 마릴다 코르테스는 생애 첫 텔레비전으로 방송을 보고 있었고, 모니크는 와인을 한 잔 하고 눈가가 촉촉이 젖어 있었다. 모니크는 내가 가져갈 게 뭐가 있는지 집을 한 바퀴 둘러보는 동안 맞춤형 디자인 소파에 앉아 꼼짝도 하지 않았다. 쭉 둘러보아도 챙겨갈 건 아무것도 없었다. 그렇게 나는 빈손으로 호텔에 도착했다. 프런트 데스크에 있는 젊은 아가씨는 빨간 모자를 쓰고 있었는데, 옆에는 다 식은 샴페인 잔이 놓여 있고, 컴퓨터 키보드와 그녀의 가슴에 색종이 조각들이 붙어 있었다. 그녀는 혼자 업무를 보고 있었고 지쳐 보였다. 일박 하실 건가요? 그녀가 물었다. 평생이요, 내가 대답했다. 그러자 그녀가 천천히 고개를 들어 나를 빤히 바라보았다, 슬퍼 보이시네요. 나는 그저 미소를 지어 보였다. 당연히 슬픈 미소였다. 그쪽도요, 내가 속삭이자 그녀도 미소를 지어 보였다. 당연히 슬픈 미소였다. 그녀가 손을 뻗어 플라스틱 잔을 들어 미적지근한 샴페인을 마시더니 지친 한숨을 내뱉었다. 당신 방에 가도 될까요? 나는 고개를 끄덕였다. 그러자 그녀가 내게 마그네틱 카드를 내밀었다. 310호요, 20분 안에 끝나요.

우리는 성관계를 하지 않았다. 그녀는 마스터키로 문을 열고 들어와 옷을 벗기 시작했고, 실오라기 하나 걸치지 않은 채 내가 덮고 누워 있는 이불 밑으로 들어왔다. 고마워요, 메리 크리스마스 하고 속삭이더니 곧바로 잠들었다. 겨우 몇 시간 지나, 우리는 자정쯤에 잠을 깨서는 서로의 슬픈 얼굴을 바라보며 키스를 나누었다. 강렬하고 에로틱하면서도 필사적인 작별의 키스였다. 그런 뒤에 그녀가 다시 옷을 입었을 땐 내가 그녀에게 말했다. 고마워요, 메리 크리스마스.

그때 나는 크리스마스와 새해 첫날 사이의 한 주 내내 전화통을 붙들고 정신없이 보냈다. 양로원이며, 개인병원이며, 기관이며, 요양원이며 할 것 없이 되는 대로 전화를 돌렸다. 덤보를 받아주기만 한다면 어디든 상관없었지만 전화를 받는 곳이 한 곳도 없었다. 대부분 자동응답기로 넘어갔고, 무미건조한 목소리로 연휴가 끝난 뒤에 다시 연락하라는 메시지만 수화기 너머로 들려왔다. 연휴는 개뿔, 덤보에게는 아무 의미 없다고, 지금 당장 당신네들이 필요하다고! 나는 소리쳤다. 그러다가 그나마 전화를 받는 곳이 있었는데, 시설장이라고 하면서 짐짓 상냥한 목소리로, 새해 들어 증세가 더

뚜렷해지기 전에 마지막 크리스마스를 가족과 함께 보낼 수 있게 해 드리는 게 어떻겠냐고 했다. 덤보에게는 더 이상 가족이 없다고, 젠장, 더 이상 아무것도 없다고.

12월 30일 오전 11시 경, 기적이 일어났다. 당연히 되죠, 대답을 들었다, 물론이죠, 그러려고 저희가 있는 건데요, 환자분 성함을 다시 말씀해 주시겠어요, 언제든지요, 오늘 오후요? 좋습니다, 서류랑 드시고 계신 약 꼭 챙겨 오시고요, 네, 그럼 오후 3시쯤이요, 조심히 오세요.

나는 고속도로를 달리다가 어느 순간 왼편에 등장한 고속열차 테제베와 경주를 벌였다. 자동차가 튀었고, 속도가 시속 250킬로미터에 이르는 순간 메르세데스 엔진에서 '딸깍'하는 소리가 들렸다. 기차는 어느덧 사라졌고, 내가 지고 말았다. 하지만 그게 무슨 의미인가. 젠장, 아버지는 아무 생각도 없이 그저 멍하니 있을 뿐인데. 시속 250킬로미터가 어떤 건지 알지도 못하고, 열차와 경주를 벌이며 흥분되는 마음도 알지 못하고, 성관계를 나누지 않고 여자와 그저 함께 잠을 잘 때의 기분도 알지 못하는데.

이제는 내가 누구인지도 알지 못하는 사람인데.

1991년 그 해 마지막 날, 덤보는 발랑시엔 근처 마잉에 있는 잔느 드 발루아 요양원에 들어갔다. 덤보는 아무런 반응이 없었다. 내가 덤보의 손을 꼭 잡았고, 덤보의 손은 차가웠다. 덤보를 문 옆에 있는 작은 소파에 앉혔다. 안느 아나가 내게 전해 준 침대보와 이불을 정리하는 일을 간호사가 와서 도와주었다. 나는 눈물이 났다. 어릴 적 기숙학교로 들어가던 개학날, 펠포스 맥주와 지오노의 책, 어느덧 20년도 더 된 덤보와 나 둘만의 약속 때문에 지각을 했던 그날, 기숙사 방에 놓인 내 침대 정리를 도와줬던 덤보의 모습이 떠올랐다. 여기서 잘 지내실 거예요, 간호사가 말했다. 덤보는 간호사의 말에도 아무런 반응이 없었다. 보청기를 끼세요, 내가 말했다, 그런데 깜빡 잊고 켜 놓지 않으실 때가 많아요. 신경 쓸게요, 간호사가 말했다. 조용한 곳에 혼자 계시게 두면 안 돼요, 내가 말했다, 제 남동생이…… 저희가 신경 쓸게요, 간호사가 내 말을 잘랐다, 저희가 하는 일이 그런 거잖아요. 언젠가 아버지께서 침묵은 끝이라고 말씀하셨거든요, 나는 중얼거렸다, 끝이라고요, 아시겠어요?

그러자 간호사는 베개가 내 주둥이라도 되는 듯 탁탁 내려치더니 침대 위에 던져 놓고는 덤보 쪽으로 가서 덤보를 일으켜 세워 부축했다. 여기서 편안히 지내실 거예요, 침대도 편안하고요, 보이시죠, 아드님께서 자리를 깔아 놓았어요, '아드님'이요.

나는 요양원 주차장에서 담배 열 개비를 피웠다. 발이 떨어지지 않았다. 덤보가 떠올랐다. 뼈만 앙상히 남은 덤보의 손, 이미 차가울 대로 차가워진 덤보의 손이 떠올랐다. 간호사가 '아드님'이라고 얘기해도 덤보는 가만히 있었다. 내가 나서면서 '사랑해요 아빠'라고 얘기해도 덤보는 가만히 있었다. 내가 '금방 또 올게요', '새해 복 많이 받으세요'라고 얘기하고, 옆에서 간호사가 '오늘 저녁에는 송

년회 기념으로 케이크도 먹을 거예요.'라고 한마디 거들어도 덤보는 가만히 있었다. 순간 나는 화가 치밀어 올라 담배꽁초를 찌그러뜨렸다. 담배꽁초가 꼭 내 신발 아래 놓인 새의 심장 같았다. 힘껏 밟아 짓눌렀다. 더 이상 심장이 뛰지 못하게, 죽어 버리게 말이다. 그러다가 문득 그 심장이 내 거라고 발아래에서 외치는 비명소리가 들렸다.

요양원 원장이 주차장에 있는 나를 보러왔다. 내 앞에 와서는 가만히 멈춰 서더니 말했다, 제 사무실이 바로 저기예요, 2층이요. 제 사무실에서 보면 주차장이 바로 내려다보이죠, 원장이 빙긋이 웃으며 말을 이었다, 원장으로서 한 말씀 드려야겠더라고요. 잠시 정적이 흘렀다. 한 가지만 말씀드릴게요, 제가 바라는 건 부친과 아드님께서 편안히 잘 지내시는 겁니다, 다음번에 방문하셨을 때에는 아드님께서 여기 주차장에서 담배 열 개비 아니 스무 개비를 피우고 죽일 듯이 담배꽁초를 발로 짓누르는 일은 없을 겁니다, 아드님께서 행복한 마음으로 차에 다시 올라타실 수 있게, 부친께서 이곳에서 잘 지내시는구나 이곳에 아버지를 맡기길 잘했구나 하는 생각을 하실 수 있게 최선을 다할게요, 분명히 약속드리는데 아버지는 잘 지내실 겁니다. 나는 눈물이 났다. 원장을 와락 껴안았다. 나는 다시 다섯, 일곱, 여덟 살 어린 아이가 되어 있었고, 원장은 잠시 나를 구원해 주는 따뜻한 품, 물속에 빠진 나를 붙잡는 구원의 손길이 되어 있었다. 다름 아닌 엄마의 품이었다.

나는 다시 고속도로를 탔고, 이번에는 테제베와 경주를 벌이지 않았다. 초저녁에 메르퀴르 호텔에 도착해, 크리스마스 날 프런트 데스크에 있었던 여직원을 좀 불러달라고 부탁하자 부지배인이 나오더니 말했다, 그 여직원은 이제 나오지 않습니다, 임시직이었거든요, 아시다시피 그날이 크리스마스 날인 만큼 저희 직원들이 집에서 가족들과 시간을 보낼 수 있게 배려했거든요. 혹시 연락처를 알고 있나요? 내가 물었다, 저는 광고 회사에서 기획 일을 맡고 있는 사람인데, 그때 그 여직원 같은 사람을 찾고 있거든요. 죄송합니다, 손님.

열 시간 뒤, 나는 크루아에 있는 엄마 집에서 열린 새해 맞이 점심식사 자리에 참석했다.

– 카망베르가 여성적인 이름을 가지면 안 되지.

실비아 시니발디가 웃으며 손에 들고 있던 커피 잔을 슬그머니 내려놓고는 말을 이었다.

– 롤랑 바르트가 『신화론』에서 한 챕터를 아예 우유와 와인에 대한 이야기로 채웠던 기억이 나네. 롤랑 바르트가 말하길 우유는 유지방이 많아 진정시키는 성질이 있는가 하면, 와인은 어떤 대상을 변형시키고 창작행위를 돕는 만큼 손상시키는 성질을 띤다고 했지. 와인은 강력하고 거칠며, 변형 물질인 반면 우유는 부드럽고 이국적이라고 했지.

실비아는 내가 옮겨 간 새 에이전시에 함께 오지 않았다. 소란스러운 빛보다는 조용한 그늘을 더 좋아했다. 우리 둘은 물처럼 서서히 갈라졌고, 그렇게 그녀는 나의 친구가 되었다.

– 그래서 말인데, 그녀가 한마디 덧붙였다, 나라면 광고를 의뢰한 회사에 카망베르 제품명을 바꾸는 게 어떻겠냐고 얘기해 보겠어, 와인의 위력과 피의 힘을 떠올리게 할 만한 이름으로 말이야, 포장도 붉은색이 많이 들어가게 하고, 광고도 남자들, 그것도 '상남자'들이 왕창 등장하게 하는 거지, 내가 딱 싫어하는 남자들이지만 뭐 어쨌든, 그녀가 웃으며 말했다.

3주 뒤, 엘르 에 비르* 측에 카망베르 제품명을 '쾨르 드 리옹'** 같은 걸로 바꾸는 게 어떻겠냐고, 더불어 라벨도 붉은색이 많이 들어가도록 해 보는 게 어떻겠냐고 제안했다. 그리고 미셸 오디아르의 유명한 대사들을 읊어 대는 남자들, 상남자들이 등장하는 광고 콘셉트에 대해서도 설명했다. 우리는 광고 예산을 따냈고, 이름을 바꾼 카망베르 제품은 출시하자마자 대성공을 거두었다.

나는 실비아 시니발디에게 샤토 마르고 1961년 산 여섯 병들이 와인 상자를 보냈다. 카망베르도 함께.

나는 마침내 메르퀴르 호텔에서 나와 독퇴르 윌랭 거리에 위치

● Elle & Vire, 프랑스 유제품 회사.
●● Coeur de Lion, '사자왕'이라는 뜻.

한 어둡고 작은 방 두 개짜리 집으로 거처를 옮겼다. 모니크와 마틸드, 나 이렇게 세 식구가 브뤼셀에서 돌아와 살았던 푸셰 거리에서 몇 백 미터 떨어진 곳이었다. 그곳에서 술 가게 주인아저씨와 아저씨의 여동생, 조제 부인을 다시 만났다. 아저씨는 눈물을 보이며 술로 나의 불행을 달랬다. 얼마나 불행한 일이야, 두 사람처럼 예쁘고 보기 좋은 커플이 헤어지다니, 어디 그뿐인가, 자네는 추락한 남동생에 미혼모 여동생까지, 이런저런 불행한 일들이 들이닥쳤지 않나, 자, 한 잔 받게, 리락 와인이네, 맛이 강하면서도 여성적인 술이지, 이제는 잊어버린 누군가와의 키스를 떠올리게 하는 맛이랄까, 아저씨는 와인 병을 따서 코로 가져가 향을 맡으며 말했다, 키스, 아저씨는 중얼거렸다, 그렇지, 짜릿한 키스. 한편 조제 부인이 이번에는 나를 돌보겠다고 나섰다. 마틸드 소식은 묻지 않을게요, 약속해요, 마음 아프게 안 할게요, 조제 부인이 말했다, 다만 한 번씩 에두아르 씨가 먼저 마틸드 소식을 전해 주면 참 좋겠네요.

나는 회사에서 일을 엄청나게 했다. 항상 제일 먼저 출근하고, 제일 늦게 퇴근했다. 지친 몸으로 퇴근하고 돌아오면, 조제 부인이 만들어 놓은 음식을 데워 먹은 뒤 쓰러져 잤다. 나는 점점 야위었고, 늙어갔다. 어느 날 아침 구레나룻이 하얗게 센 걸 보고 깎아 버렸다. 또 하루는 모니크의 변호사가 보내온 이혼 서류가 동봉된 편지를 받았다. 그리고 주말에는 잔느 드 발루아 요양원이 있는 마잉에 갔다. 공동 병실에 다른 노인들과 함께 섞여 앉아 있는 덤보를 다시 만났다. 길을 잃은 사람들, 마음대로 몸을 움직이지 못하는 사람들, 자신에게서 도망쳐 나오거나 아니면 반대로 자기 안에 파묻힌 사람들이었다. 화장실을 지나자, 자기 자신을 내버린 지독한 냄새가 났다. 소변, 대변, 톡 쏘는 땀 냄새. 덤보는 여전히 창가에 있었다. 창가에서 약간 떨어진 곳에 놓인 휠체어에 앉아 있었다. 자기 주변을 둘러싼 모든 것과 철저히 동떨어진 세계에 있는 듯했다. 주변에서 나는 소리, 움직임, 덥고 추운 모든 것에서 벗어나 있는 것 같았다. 미동도 하지 않았다. 눈꺼풀이 떨리지 않았으면 누가 봐도 죽은 사람이었다. 첫 몇 주 동안 병실을 나설 때마다 눈물이 앞을 가렸다. 그래서 덤보 뒤에 숨어 서서 다시 덤보 앞에 모습을 내밀까 말까 한참을 망설였다. 눈물이 말라 버릴 때쯤 끝내 덤보 앞에 다시 서서, 서로의 코가 거의 닿을 만큼 가까이 기대고는 매번 기적이 일어나길 바랐다. 제발 이번에는 두 눈에 눈물이 맺히길, 입술이 움직이길, 부르릉, 무슨 말이라도, 한마디라도 해 주길. 언젠가는 꿈에서처럼 내 이름을 말해 주길. 하지만 기적은 일어나지 않았다. 그래서 나는 고통스러운 병실 밖으로 덤보를 데리고 나왔다. 날씨가 좋은 날, 우리는 주차장으로 나왔고, 아직은 조금 서늘한 봄볕 아래 덤보를 앉혀 놓고, 나는 옆에서 하염없이 기다렸다. 혹시나 덤보가 춥지나 않을까 하는 걱정에 덮어 놓은 담요가 미끄러져 내릴 때마다 다시 위로 끄집어 올렸다. 한 번씩 원장이 창가에 서서 내게 인사를 건넸다. 한 번은 원장이 직접 내려왔다. 뭐라고 말씀하셔도 돼요, 원장이 말했다, 아버님께서 아무 반응도 안 보이시겠지만 그래도 아드님 목소리가 음악 소리 같을 거예요, 왜 사람이 음악을 들을 때면 여러 가지 일들과 이미지들이 떠오르잖아요, 게다가 아버님께 뭐라고 얘기를 건네시면 아드님께서도 한결 마음이 편해지실 거예요, 정말이에요. 몇 주 동안 나는 아빠에게 무슨 말을 해야 할지 몰랐다. 서서히 입을 뗐다. 몇 마디, 몇 문장. 파리 날씨 이야기, 고속도로를 달리는 대형 트럭 이야기, 내가 아직 보지도 않은 영화 〈연인〉이 개봉한 이야기, 피처럼 붉은 라벨을 두른 새로 나온 카망베르 이야기, 내가 이혼한 이야기. 아빠한테 꼭 써 드리기로 한 소설, 지금 쓰고 있어요, 이제 결말을 고민하고 있어요, 해피엔딩이었으면 좋겠어요, 주인공 아이가 이룰 수 있는 기적 같은 거 말이에요, 화해 이런 거요. 내가 이런저런 얘기를 아무리 해도 덤보는 아무런 반응이 없었다. 나는 초고속으로 달리는 덤보의 차 안에서 매운 연기를 마시며 몇 시간 동안 있었던 순간을 떠올리려 애썼다. 그때 덤보가 좋아했던 말을 다시 기억해 보려 했지만, 결국 덤보와 내가 근래 몇 년 동안 사실상 대화를 하지 않았다는 사실만 확인하고 말았다. 덤보의 입 밖으로 나온 건 오로지 지탄 담배 연기뿐이었고, 뿜어져 나온 담배 연기는 이미 고통으로 가득 찬 덤보의 인생을 허공에 그려 냈을 따름이었다.

요양원 건물이 높아서 해가 빨리 가리는 바람에 나는 덤보를 다시 병실로 데려갔다. 약을 먹고 주사를 맞는 시간이었다. 갖은 공포가 총집합된 시간. 나는 건물로 들어서서 처음으로 마주친 간호사에게 덤보를 떠맡기고, 겨우 미안하다는 말만 한 뒤, 아빠 머리카락에 입술을 스치며 도망쳐 나왔다. 쿵쾅거리는 심장을 안고 주차장까지 내달려 메르세데스에 처박혔다. 마치 초라한 슬픔을 감추려고 자기 방에 틀어박힌 아이처럼.

어느 날 '보닛에 앉은 아가씨'가 나를 기다리던 곳이 바로 그 주차장이다.

그 해 겨울 끝자락, 매정한 여동생은 무뚝뚝한 이브에게 정박했다. 바위에 딱 달라붙은 홍합처럼. 여동생은 아들을 한 팔로 들고, 나머지 한 손에 커다란 짐 가방을 들고 떠났다. 여동생이 엄마 품을 떠났다. 달콤한 냄새를 떠나 매캐한 냄새가 나는 곳으로 갔다. 더 이상 고통은 없지만, 기쁨도 없었다. 생선 가시에 걸려 세상을 떠난 여자 사진이 먼지처럼 곳곳에 놓여 있는 집으로 들어갔다. 사진에 대해 아무 말도 하지 않았고, 사진을 정리해 상자에 담지도 않았다. 여동생은 이미 체념한 상태로 그저 기다렸다. 엄마가 그랬듯. 이렇게 우리는 비겁함을 물려받았고, 혼자서 짐을 내리기에는 인생의 짐이 너무 무거웠다. 우리는 날개가 필요했다. 무뚝뚝한 이브가 클레르의 앞날개가 되어 줄 것이었다. 아드리앙의 날개는 그녀의 구원이자 상실이었다. 다리가 하나뿐인 아저씨는 사랑에 빠진 여인을 위해 날개를 펼쳤어야만 했다.

그 해 겨울 끝자락, 우리 가족은 완전히 흩어졌고, 엄마는 또 다시 홀로 남으셨다. 그런 상황에 제아무리 단련이 됐어도, 역시 울적해하시는 건 이번에도 마찬가지였다. 그래서 나는 랑글래 아저씨와 다시 연락을 해 보려 했지만, 릴 신학대학 교무처에서 얘기하기를, 아저씨는 다시 아프리카로 돌아갔다고 했다. 이번에는 베냉 보이콘으로 말이다.

어느 주말, 엄마를 모시고 투케로 갔다.

우리 둘은 웨스트민스터까지 내려갔고, 아무 말 없이 모래사장을 한참 동안 거닐었다. 어느새 퀴크 해변까지 이르러, 이제 방향을 되돌려 돌아가려는데, 바람이 세차게 일었고, 그 순간 이곳에 도착한 뒤 처음으로 엄마가 미소를 보이셨다. 20여 년 전 이곳에 엄청난 폭풍우가 몰아쳤던 기억이 나는구나, 폭풍우는 며칠 째 계속되었는데 그런데도 우리는 밖으로 나갔었지, 내가 너희 셋을 모두 개 끈 묶듯 기다란 끈으로 묶어 방파제로 나갔어, 순간 아드리앙이 바람에 휩쓸려 난간 너머로 고꾸라져 모래사장에 처박혔고 바람에 몸이 여러 번 튕겼지만 그래도 내가 끈을 꼭 쥐고 있었기 때문에 아드리앙은 여전히 우리와 함께였지, 너는 네 여동생 손을 꼭 잡고 둘이서 바람을 가로질러 달려갔었는데, 클레르가 넘어지면서 돌풍에 휩쓸려 몇 미터를 날아가고 말았어, 너희가 고함을 질러 댔고 나도 소리쳤지, 그때 밖에는 우리 네 사람뿐이었어, 네 아빠조차도 감히 밖으로 나올 용기를 못 냈었으니까, 갑자기 내 목에 두르고 있던 스카프가 연이 날리듯 바람에 날아갔고, 그 순간 우리는 웃기 시작했어, 그리고 우리 넷이서 팔짱을 꼭 낀 채 같이 바람을 뚫고 걸어갔어, 한 발짝 두 발짝 앞으로 나아갔고 우리는 세찬 바람보다도 훨씬 강했지, 그 순간 얼마나 뿌듯했던지! 그러고 나서 우리는 다시 바람을 등진 채 되돌아갔어, 그땐 진짜로 클레르가 날아가 버리는 건 아닌지 정말 두려웠어. 순간 엄마는 입을 다물고, 담배 한 개비에 새로 불을 붙이려 하셨다. 나는 양손을 모아 엄마 손 위에 포개어 놓으며 라이터의 작은 불꽃이 바람에 꺼지지 않게 했다. 엄마는 담배를 한 모금 깊이 빨아들였다. 그러고는 다시 말을 이어갔다, 너희의 엄마가 된다는 게 그런 거였어, 너희가 날아가지 못하도록 하고 혹시라도 날아가면 다시 붙들고…… 그런 거였지, 난 좋았어. 엄마가 기침을 했다. 그런데 아드리앙을 붙잡지 못해서 너무 부끄럽구나, 엄마라는 사람이 자식이 행복했는지, 우리가 그 녀석을 그토록 사랑했다는 걸 알았는지 어쨌는지도 알지 못하다니. 나는 엄마 곁으로 다가가 어깨를 감싸 안았다. 클레르는 애정 없는 초라한 삶을 얻겠지. 불씨가 아직 살아 있는 담뱃재가 날려 엄마 머리카락에 내려앉자, 엄마는 지친 동작으로 담뱃재를 털어 냈다. 그리고 에두아르 너는 지금껏 네가 이루어 놓은 것들을 모조리 망쳐 버렸구나. 엄마는 들릴 듯 말 듯 코를 훌쩍였다. 너희 엄마가 된다는 게 이런 거였을까, 묶어둔 끈들이 끊어지도록 내버려 두는 거였을까?

우리 주변으로 모래 바람이 일어 눈이 따가웠고, 입속까지 모래가 들어왔다. 하지만 엄마도 나도 그것 때문에 입을 다문 건 아니었다. 엄마는 엄마로서 가장 고통스러운 고백을 내뱉은 거였다.

이제 더 이상 어떤 말로도 엄마가 다시 삶의 의욕을 찾을 수 있게할 수 없을 거라는 걸 깨달았다. 그 어떤 말로도. 단 하나만 빼고.

사랑.

내 소설의 결말은 다름 아닌 사랑이다.

나는 초봄에 딸들을 다시 만났다.

그 전에는 내가 딸들을 만나는 것을 모니크가 원치 않았다. 애들이 당신 떠나고 이미 꽤 큰 충격을 받았어, 당신과 만날 때마다 또다시 헤어지는 고통을 안겨 주고 싶지 않아. 그래서 나는 아이들에게 편지를 썼고, 전화로 목소리만 들었다.

모니크가 아이들을 포르트 마이요에 있는 앙젤리나 카페에 데려다 놓았다. 한 시간 정도 여기저기 둘러보고 올 테니, 아이들과 시간을 보내라고 했다. 아이들은 부쩍 자라 있었다. 마틸드의 머리카락 색은 많이 짙어졌고, 잔느는 여전히 아주 밝은 색이었다. 둘은 서로 닮지도 않았고, 나랑도 닮은 구석이 별로 없었다. 둘 다 분홍색 단을 두른 갈색 면 원피스를 입고, 서로 손을 마주 잡은 모습이었다. 마치 케네디 가의 딸들, 아니면 금방 '보그 밤비니' 잡지에서 튀어나온 모델 같았다. 우리는 서로 껴안았다. 북받치는 감정도, 애정 표현도, 다시 만난 것에 대한 그 어떤 가슴 벅참도 없었다. 그저 형식적인 인사였다. 카페 여종업원이 메뉴판을 가져왔다. 딸들은 각자 핫초코를 한 잔씩 주문했다. 엄마랑 오면 항상 마시는 거예요, 잔느가 말했다. 너~무 맛있어요, 그런데 케이크는 안 돼요, 케이크는 먹으면 살찌거든요, 엄마가 살찌는 건 끔~찍한 일이라고 했어요. 나는 두 딸을 그저 바라보았다. 이미 딸들이 낯설게 느껴졌다. 만나기 전에 수만 가지 질문을 하려고 생각했었는데, 갑자기 아무 말도 못하고 가만히 있었다. 그랬다. 딸들은 핫초코를 너~무 좋아하고, 살찌는 건 끔~찍한 일이라 생각하고, 잡지에 나오는 아동 모델들처럼 옷을 입고, 어느덧 첫째는 여섯 살 둘째는 세 살이었다. 그 옛날 엄마가 우리를 줄에 묶어 엄마에게서 떨어지지 못하게 지켜 주었던 그 나이. 그리고 딸들은 예의 발랐다. 종업원이 딸들이 주문한 핫초코 두 잔과 내가 주문한 커피 한 잔을 테이블에 올려놓고 다시 갔다. 잠시 침묵이 흘렀다. 무슨 말이라도 해야겠다 싶어 입을 뗐는데, 그 순간 마틸드도 동시에 뭐라고 말을 했다. 우리는 웃음을 터뜨렸다. 네가 먼저 얘기하렴, 내가 말했다. 아뇨, 아빠 먼저 얘기해요, 마틸드가 말했다. 아니다, 마틸드, 먼저 얘기해 보렴.

– 아빠가 우리 첫째 아빠예요?

털썩. 순간 말문이 막혔다.

– 엄마가 다비드 아저씨(육상 선수)가 우리 둘째 아빠라고 말했거든요.

결국 그렇게 되고 말았다. 육상 선수가 최고 기록을 깬 것이다.

크리스마스 날 밤 내가 집을 나가자마자 육상 선수가 달려왔다. 예전처럼, 언제나처럼. 모니크가 마틸드를 출산한 뒤 친정에 갔을 때에도 한걸음에 달려와 모니크를 위로한 사람이 그 남자였다, 이제야 알았다.

나는 웃기 시작했다. 딸 둘은 서로 시선을 마주치며, 미친 사람보듯 나를 바라보았다. 나는 스스로를 비웃었다. 나의 순진함과 어리석음, 거만함, 무분별함을 비웃었다. 하지만 한편으론 안도의 웃음이기도 했다. 영원한 이별처럼 이제 종지부를 찍었다.

- 아빠 괜찮아요? 마틸드가 조금은 걱정스러운 목소리로 물었다.

얘들아 아빤 괜찮다. 아빠는 머저리 중의 머저리란다. 머저리들은 죄악을 저지르고 무분별한 인간이 되지. 이제 엄마한테 다시 돌아가서, 너희 육상 선수 아빠에게 애교를 부리고, 형편없는 놈한테서 도망칠 수 있게 빨리 달리는 법을 가르쳐 달라고 하렴. 행복하렴, 아빠는 잘 몰라, 전부 새로 배워야 해. 그리고 이젠 나의 아빠와 엄마를 돌봐드려야 해, 두 분은 내가 필요하거든. 게다가 소설의 행복한 결말도 써야 하고. 너희들의 아빠 노릇을 할 시간이 없구나. 너희들이 보고 싶을 거야. 아주 많이 사랑한다.

- 아빠 괜찮아요?

나는 카페의 로고가 들어간 까슬까슬한 냅킨에 눈을 닦았다.

- 괜찮아, 그저 좀 피곤해서 그래.

- 다비드 아저씨가 욕실 타일을 싹 새로 바꿨어요, 노란색으로

요, 정말 예뻐요, 잔느가 말했다. 그리고 수영장도 만들 거래요.

　─ 조용히 해, 언니인 마틸드가 명령하듯 말했다, 아직 모르잖아, 엄마는 아직 결정하지 않으셨단 말이야.

　거기까지가 끝이었다.

　애들 엄마가 입구에 모습을 드러냈다. 아이들은 엄마를 보자마자 자리에서 벌떡 일어났고, 무릎에 놓여 있던 냅킨은 바닥에 떨어졌다. 잔느가 급히 나가며 테이블을 치는 바람에 커피가 쏟아졌다. 아이들 둘 다 뒤도 돌아보지 않고 허공에 대고 '아빠 안녕' 하고 인사말을 내뱉고는 약속의 땅을 향해 달려갔다.

　안느 아나가 내게 편지를 보냈다.

　남동생 추락사고 사건을 맡은 변호사가 합의를 제안했다. 소송에 들어가면 재판이 길어지고 가족들도 고통스러울 겁니다, 법정 싸움에서 이긴다고 해서 슬픔이 사라지는 것도 아니죠, 변호사가 적어 놓은 내용이었다, 우리 측에서 병원 측에 강경하게 대응하지 않고, 신문 보도 및 스캔들, 막무가내 대응을 자제하면 보험회사 측에서 일처리를 빠르게 진행할 겁니다, 아드님께서 좀 특별한 케이스라, 정확히 어떤 이유로 추락했는지도 알지 못하는 상황이고요, 그저 침묵하고 애도의 시간을 가지며 마음의 상처를 회복해 나가는 게 어떨까요, 그러면 15만 프랑을 받게 될 겁니다.

　한편 광고회사 사장은 '쾨르 드 리옹' 카망베르 광고 예산을 따낸

일에 대한 보너스로 만 5천 프랑을 지급하기로 했다. 나는 독퇴르 월랭 거리에 위치한 어둡고 작은 방 두 개짜리 집에서 나와 클리쉬의 트루이예 거리에 위치한 작은 원룸으로 거처를 옮겼다. 내가 떠나던 날 저녁, 술 가게 주인아저씨가 제대로 된 술을 한 병 열었다. 한번 맛보게, 샤토 피제악 80년산이네, 최고로 쳐주는 특급 와인이야. 왜 이러세요, 내가 말했다. 자네야 말로 제정신인가, 아저씨가 맞받아쳤다, 이 동네를 떠나다니, 자네 인생이 담긴 곳을 떠나다니, 이게 말이 되냐는 말이지, 그런데 사실 난 정신 나간 인간들을 좋아해. 그 자리에 조제 부인도 있었다. 부인은 살짝 입술만 적실 정도로만 특급 와인을 맛보았다. 내 동생은 와인 별로 안 좋아해, 아저씨가 말했다. 그래서 두 사람 먹을 만큼만 준비했지. 여섯 명은 먹겠는데 무슨, 조제 부인이 중얼거렸다. 우리는 웃음을 터뜨렸고, 건배를 하고 와인을 마셨다. 피제악은 훌륭한 생떼밀리옹 와인으로 밀도가 높고 향도 진했다. 조금 있다가 조제 부인이 눈물을 흘렸다. 이번에 가면 다시는 돌아오지 않을 거라는 걸 알아요, 부인이 말했다, 에두아르 씨 눈빛이 어쩐지 달라보여서요, 그 어느 때보다 또렷해 보여요, 꼭 눈동자에 막이 하나 씌워진 것처럼, 아니면 뭐가 떨어져 나간 건지 모르겠지만 꼭 허물을 벗은 것처럼 말이에요. 그만 입 좀 다물어, 아저씨가 짓궂게 한마디 던졌다, 남동생을 위해 흘린 눈물로 아름다운 눈을 씻어 낸 거잖아, 이제 이 사람은 세상을 다른 눈으로 바라보겠지, 그나저나 툭 터놓고 말해 봐, 행여나 너, 이 젊은이의 매력에 빠진 건 아니겠지? 우리 셋은 함께 웃었고, 우리의 눈은 오랜 시간 반짝였다. 우리는 지키지 못하겠지만 그래도 지킬 수 있다고 믿고 싶은 약속을 하며 밤새 서로를 부둥켜안았다. 한 병으로 시작한 술이 나중에는 세 병이 되었다. 아저씨가 힘겹게 셔터를 다시 올리자, 서늘한 밤기운이 확 밀려들었다.

나는 방까지 걸어갔다. 서너 평 남짓한 방에 세면대가 놓여 있고, 칸막이 뒤로 재래식 화장실이 있고, 벽에 창문 하나가 나 있는 눅눅한 방. 조제 부인이 마지막으로 꼭 방 청소를 해 주겠다고 했다. 리놀륨 바닥을 박박 닦고, 세면대에 낀 물때를 제거하고, 커튼을 창문에 고정시켰다. 게다가 작은 무화과나무 한 그루를 테이블 위에 올려놓았다. 나는 옷을 그대로 껴입은 채 전날 중고로 내놓은 작은 침대 위에 드러누웠다. 그 순간 난생 처음으로 몸이 가뿐했다. 연봉으로 백만 프랑을 벌었지만 11세기 로마네스크 양식의 작은 성당이 뒤에 서 있는 대저택에, 잔느 드 발루아 요양원 비용, 15만 프랑 운운하는 사기꾼 같은 변호사 수임료(평생 한 번도 제대로 살지 못했을 아이의 목숨 값에 대해 긴 공방이 오간 뒤, 끝내 12만 프랑으로 조정되었음), 마틸드와 잔느의 원피스와 핫초코 값, 육상 선수가 수영장을 만들면서 들어간 돈, 로라 애슐리 소파 값, 마릴다 코르테스의 월급까지, 모니크는 제대로 복수를 했다.

나는 그렇게 빈털터리가 되었다.

갑자기 덤보의 얼굴에 미소가 번졌다.

우리는 덤보 방에 있었다. 덤보는 입구 근처에 있는 작은 소파에 앉아 있었고, 나는 덤보 맞은편에 놓인 침대에 걸터앉아 있었다. 오랜 시간 동안 했던 말을 하고 또 했다. 나는 저 멀리 파리에서 있었던 일을 이야기했다. 이리저리 갈라진 우리의 삶을 이야기했다. 새로운 인생을 더디게 배워 나가는 클레르와 이브 이야기. 평온하고 아마도 행복한 인생. 앙젤리나 카페에서 나의 두 딸들이 먹었던 핫초코와 살찌게 만드는 끔~찍한 케이크에 대한 이야기. 그날 딸들을 붙잡지 못하고, 배수구를 타고 빨려 들어가는 물줄기처럼 가차 없이 떠나가던 딸들을 그저 바라만 보다가 영영 잃고 만 이야기.

이런저런 이야기를 해 보았지만 덤보는 미동도 하지 않았다.

그래서 이번에는 마틸드와 잔느의 사진 여러 장 안에 엄마 사진도 한 장 슬쩍 끼워 넣어 들고 갔다. 오래 전 브르타뉴에서 휴가를 보냈던 때에 찍은 사진이었다. 사랑에 빠진 여인이 잘 나갔던 시절, 번들거리는 피부를 하고 짠 냄새와 담배, 섹스 냄새를 풍기며 새벽에 기분 좋게 집으로 돌아오던 시절, 한편 나는 글을 쓰려고, 엄마를 기쁘게 해 드리려고, 모두를 놀라게 해 주려고 애쓰던 시절. 실내에서 찍은 사진인데, 엄마는 까만 선글라스를 낀 채 왼손에 담배를 들고 머리카락을 완전히 뒤로 넘긴 모습이었다. 입술은 꼭 체리처럼 도톰했다.

갑자기 덤보의 얼굴에 미소가 번졌다.

담배를 피우려고 주차장으로 나왔는데, 가슴 깊이 행복이 밀려왔다. 갑자기 더없이 평온한 느낌이 들며, 머릿속에 잔잔한 호수가 떠올랐다. 물결 따라 떠다니는 느낌이 들었다. 보비의 어깨에 황금나무를 심어 놓은 폭풍우 치는 밤을 떠올렸다. 고통이 점차 사그라지는 바로 그 순간.

나중에 내가 메르세데스에 올라탄 순간, 차 한 대가 주차장으로 들어와 맞은편에 주차를 했다. 차에서 여자 둘이 내렸고, 서둘러 원장이 나타났다. 셋은 잠시 이야기를 나누더니 헤어졌다. 둘은 망각의 냄새가 풍기는 곳으로 들어갔고, 셋 중 가장 젊은 여자는 발길을 옮겨 차 보닛에 가서 앉았다.

그날 날씨는 화창했다. 고속도로는 뻥 뚫려 있었고, 도로에 대형 트럭들도 거의 없었다.

카 라디오에서 최신 히트곡들이 흘러나왔다. 마이클 잭슨의 '리멤버 더 타임(Remember The Time)', 엘튼 존과 조지 마이클의 '돈 렛 더 선 고 다운 온 미(Don't Let the Sun Go Down on Me)', 프란시스 카브렐의 '프티트 마리(Petite Marie)', 게다가 짧게 들려주는 맛보기 노래까지. 장 푸아레가 사망했습니다. 『새장 속의 광대』*에 나오는 레나토 발디가 재잘거리는 소리도 더 이상 듣지 못하겠군요. 형사 라바르댕**이 방금 전 심장마비로 사망했습니다. 나는 라디오를 껐다. 내 주변에서는 어떤 죽음도 일어나지 않길 바랐다.

● 1973년 장 푸아레가 쓴 희곡. 1978년 감독 에두아르드 몰리나로가 영화화하기도 함.
●● 1986년 개봉한 영화 『형사 라바르댕』에서 장 푸아레가 형사 라바르댕 역을 맡음.

나는 트루이예 거리에 있는 작은 방 벽면을 흰색으로 다시 칠했다. 이케아에 들러 빌리 책장과 작은 테이블, 의자를 샀다. 와젬므 거리에서 열정에 가득 차 지냈던 시절로 되돌아간 기분이 들었다. 고메즈-아르코스, 베케트, 달랑 등 무수히 많은 작가의 작품들을 닥치는 대로 읽고, 나도 한번 책을 써 보겠다고 부단히 애썼던 그 시절. 모니크가 등장해 내 인생의 흐름을 바꿔 놓기 전으로 말이다.

11세기 로마네스크 양식의 작은 성당이 뒤에 서 있는, 벡생 프랑세에 있는 대저택 이외에, 모니크 측 변호사가 10년 간 매월 만 6천 600프랑에 해당하는 총 2백만 프랑의 위자료와 두 딸에 대한 양육비로 매월 한 명 당 7천500프랑을 요구했다.

모니크는 그 시기에 개명을 했다. 모니크라는 이름 대신 자드를 택했다. 자드 라는 이름에는 '열정적인, 의지가 강한, 자신의 의견을 부드럽게 내세울 줄 아는 사람이지만 한편으로는 권모술수에 능한 사람'이라는 뜻이 담겨 있었다.

내가 고용한 변호사는 운명론자였다. 잘 생각하셨어요, 그냥 지급하세요, 다 주시고 깔끔하게 모두 잊으세요, 아직 젊으셔서 충분히 새 출발하실 수 있잖아요. 그때 나는 양쪽으로 흰머리가 희끗희끗한 서른두 살이었고, 욕조도 전화기도 텔레비전도 없는 습기 찬 방에 살고 있는 처지였다. 하지만 겉으로 보기엔 내가 좋아하는 일이 있고, 남들이 부러워하는 자리에 앉아 있으며, 고객들이 내 말에 귀 기울이고, 능력 있는 팀원들과 함께 일하며 광고를 성공적으로 만들어 내는 사람이었다.

하루는 저녁에 퇴근하면서 집으로 여자 인턴 한 명을 데리고 왔다. 함께 타고 온 메르세데스 차 문을 열어준 뒤 트루이예 거리에 있는 집 현관문을 여는 순간, 인턴의 뺨에서 홍조가 싹 사라졌다. 잠시 뒤 인턴이 광고 기획 부서장이 이런 방에서 썩어 지내다니 도대체 뭐 하는 놈이냐며 소리치는데, 대꾸할 말이 없었다. 이렇게 나락으로 떨어질 정도면 당신 인생도 참 얼마나 고달팠을까. 그녀가 문을 쾅 하고 닫을 때 바람이 방 안으로 밀려들면서 그녀가 마지막으로 남긴 말까지도 함께 실려 들어왔다.

나는 방 안에 둥둥 떠다니던 그 말을 손으로 잡고 가루가 될 때까지 있는 힘껏 움켜쥐었다. 그 말 몇 마디 안에 내 인생이 응축되어 있었다.

클리쉬에 있는 방에서 멀지 않은 곳에 중고 서점이 있었다. 나는 토요일마다 그곳에 들러, 제임스 해들리 체이스*며 이디스 워튼**이며 가리지 않고 책을 사 모았다. 책은 룸메이트나 다름없는 존재였다.

10월의 마지막 토요일, 아주 작은 책 표지에 적힌 이름 하나가 내 눈에 띄었다. 테레즈 몽카생. 나는 얼른 줄거리를 훑어보았다. 한 엄

● 주로 하드보일드 범죄 소설을 쓴 영국 작가.
●● 『순수의 시대』로 퓰리처상을 수상한 미국 여류 소설가.

마가 1981년 벌어진 비극에 대해 이야기하는 내용이었다. 당시 그녀의 아들이 중학교에서 친구들에게 총을 쏘는 바람에 여섯 명이 사망한 사건이었다. 『학살』은 내가 브뤼셀에 살고 있을 때 출간된 책이었다. 나는 그 책을 사들고 나와선 제일 먼저 보이는 카페테라스에 자리를 잡고 읽기 시작했다. 테레즈 몽카생은 먼저 사건에 대해 간략하게 이야기했다. 자기 아들이 총을 여덟 발 쏘았고, 모두 서른일곱 발의 총알이 자기 아들을 저지했다고 했다. 하루아침에 살인자의 엄마가 되고 혼란에 빠진 순간에 대해서도 이야기했다. 그런 아들을 낳은 자신은 다름 아닌 괴물이 되어 있었다고. 책 후반부에는 엄마로서 아들이 어떤 사람이었는지 이해해보려는 내용들로 채워져 있었다. 그녀는 아무런 단서도 찾지 못했다. 옛 동창생들의 증언도, 여자 친구도 찾을 수 없었다. 아들이 기숙사에서 자기한테 보냈던 편지에 적힌 몇 마디 말이 전부였다.

편지에는 이런 내용이 적혀 있었다. 나는 친구가 없어요. 모두들 내 꺽다리 키, 콧수염을 가지고 놀려 대요. 내가 좋아하는 1학년짜리 친구가 한 명 있는데, 그 친구가 벽에 낙서를 하다가 걸렸어요. 사감 신부님은 당연히 내가 그 친구랑 같이 일을 벌였을 거라고 생각했어요. 사실이 아닌데도 그 녀석 친구가 되고 싶어서 그냥 같이 벌받았어요.

그게 전부였다. 테레즈 몽카생은 아들의 폭력성이 극도의 외로움이 주는 커다란 고통에서 비롯된 것이라 생각했다. 그저 단순한 문제였다, 그녀의 결론은 이러했다, 그저 단순했다.

책장을 덮자, 순간 온몸이 떨렸다. 만일 내가 몇 마디 말만 건넸다면 외로움에 몸부림치던 거구의 중 3짜리 형을 치유하고, 죽은 여섯 명의 목숨까지도 구할 수 있었던 걸까?

마침내 엄마를 설득시켰다.

엄마가 날짜와 시간을 정하셨다. 뭔가 일이 어그러지거나, 쓰러질 지경이 되거나, 도망치고 싶거나, 뭐 하나라도 냄새든 모습이든 눈빛이든, 뭐라도 견딜 수 없으면, 내가 '당장' 엄마를 데리고 나와야 한다고 조건처럼 말씀하셨다. 약속할게요, 엄마, 엄마가 신호를 보내면 그길로 나와서 떠나는 거예요. 그러겠다고 했다만 다시 싫다고 할 수도 있어, 엄마가 조금은 불안한 목소리로 말씀하셨다.

우리는 어느 화요일 오후 3시에 잔느 드 발루아 요양원에 도착했다. 엄마는 그때쯤이 가장 좋은 시간일 거라고 하셨다. 점심을 먹은 뒤 어쩔 수 없이 질질 흘린 침이나 다른 분비물을 씻으러 가기 막 시작할 시간 말이다. 때는 11월이었는데, 그날은 날씨가 아주 좋았다. 주차장으로 들어서자 주차돼 있는 다른 차 두 대가 보였고, 그 중 한 대의 보닛 위에 한 아가씨가 앉아 있었다. 아가씨는 담배를 피우고 있었고, 그녀 입에서 뿜어져 나온 담배 연기가 위로 날아올라 꼭 예쁜 모자를 쓴 것처럼 모양을 만들었다. 그녀가 날 보고 인사를 했다. 나도 그녀에게 인사를 했고, 아주 잠깐 내 심장이 두근거렸다.

차에서 내리시는 엄마를 부축해 드렸다. 엄마는 떨고 계셨다. 손톱이 살에 박힐 듯 내 팔을 꽉 잡고 간신히 몸을 세워 몇 걸음 가시다가 멈춰 서고는 내 눈을 바라보셨다. 에두아르, 엄만 두렵구나, 내가 얼마나 두려운지 넌 모를 거야. 아무 문제없으실 거예요, 두고 보세요. 엄마는 손을 머리에 가져 가셨다. 난 이제 흰머리 난 할머니가 됐어, 네 아빠가 날 못 본지 거의 15년이 흘렀는데, 날 못 알아볼 거야. 엄마, 내가 나지막이 읊조렸다, 아빠는 지금 자기 얼굴도 못 알아봐요. 엄마는 깊이 숨을 들이셨다. 엄마의 입술이 떨렸다. 내가 그 사람을 못 알아볼까 봐 두렵구나. 엄마 눈에 눈물이 맺혔다. 단단한 진주 같은 눈물이 너무 아름다웠다, 정말 아름다웠다.

나는 엄마 허리춤을 팔로 감싸 안고 안으로 들어갔다. 엄마가 구역질을 했다.

휠체어를 탄 노인 두 명이 우리 쪽으로 다가왔다. 두 사람은 충혈된 눈을 하고, 어린애 같은 미소를 띠고 있었다. 둘 중 한 사람이 손을 뻗어 우리를 만지려 했다. 햇빛, 그 노인이 말했다, 햇빛, 햇빛, 햇빛, 햇빛, 햇빛. 옆에 있던 다른 한 명은 웃으며 얼굴을 가렸다. 저 멀리 나이가 아주 많은 할머니가 가슴을 드러낸 채 쭈글쭈글하고 처진 가슴을 긁고 있었다. 그냥 돌아갈까요? 내가 물었다. 엄마는 아무 말도 없으셨다. 우리는 2층으로 올라가, 덤보가 있는 방까지 아무도 마주치지 않고 걸어갔다. 문이 살짝 열려 있었다. 내가 문을 밀려는 순간 엄마가 내 팔을 꼭 붙잡으셨다. 엄마는 벡 메이 해변에서 하룻밤을 '밖에서' 보내고 돌아온 날 아침에도 똑같은 행동을 했었다. 몹시 에로틱한 행동이었다. 엄마는 밖으로 삐져나온 흰머리를 실크 스카프 아래로 밀어 넣고는 안으로 들어가셨다.

덤보가 앉는 안락의자가 창가에 놓여 있었다.

우리가 들어갔는데도, 덤보는 뒤돌아보지 않았다. 밖으로 보이는 공원에는 다른 환자들이 쉬거나 산책하고 있었다. 공원 너머 풀을 짧게 깎은 들판 위로 황금빛 물결이 일렁였다.

나는 덤보에게 다가가 고개를 숙이고 이제는 익숙해진 듯 덤보를 껴안았다. 그러자 덤보가 고개를 들어 나를 쳐다보았다. 엄마랑 같이 왔어요, 내 목소리가 약간 갈라졌다. 아빠가 병실을 볼 수 있게 의자 방향을 돌렸다. 침대를 사이에 두고 아빠와 엄마가 서로를 바라보았다. 겨우 1미터 남짓 돼 보이는 거리였다.

엄마는 가만히 서서 아무 말도 하지 않으셨다. 엄마는 아빠를 한참 바라보며, 오랜 세월에 가려진 예전의 멋진 모습을 찾아보려 애쓰셨다. 옅은 눈동자 색과 콧대, 이제는 조금 희미해지고 슬퍼 보이는 입술 윤곽을 다시 발견하셨다. 엄마가 예전에 좋아했던 몸매도 찾아보려 애쓰셨지만, 이제는 펑퍼짐해지고 늘어진 몸뚱이일 뿐이었다. 엄마가 잠시 눈을 감으셨다. 곧이어 엄마의 숨이 가빠지고 다리가 후들거리는 것이 느껴졌다. 옛 모습들이 주마등처럼 엄마의 머릿속을 지나고 있었다. 두 사람의 나체, 멋진 몸매, 두 사람이 함께 나눈 웃음, 두 사람의 얼굴, 엄마의 적갈색 머리카락 사이와 창백한 얼굴을 스치던 바람, 두 사람이 느낀 엄청난 자유, 살아남은 자가 느끼는 기쁨, 그 무엇보다도 불행, 바닥에 내동댕이쳐진 말들, 달아난 욕망.

엄마가 다시 눈을 뜨자, 아빠가 엄마를 바라보셨다. 온몸이 위축되고 긴장된 것처럼 보였다. 순간 아빠가 평소보다 더 야위고, 신경을 곤두세우고 있는 듯 보였다. 그랬다, 아빠가 엄마를 바라보았다. 아빠의 눈빛은 살아있었고 아름다웠다. 그러더니 결국 엄청난 일이 벌어졌다. 엄마는 스카프를 풀어 어깨 위에 늘어뜨리셨고, 밖으로 드러난 흰머리는 꼭 왕관 같았다. 엄마가 아빠를 보며 미소를 짓자, 아빠의 입술이 떨리기 시작했다. 점점 심하게 떨렸다. 잠시 불안함에 머뭇거리는 듯 보였지만 이내 입술이 열리더니 한마디 말이 새어 나왔다.

'고마워.'

아빠가 엄마를 바라보며 고맙다고 말씀하셨다. 엄마는 손으로 입을 막고 솟구치는 눈물을 참고는 두 사람 사이에 놓여 있던 침대를 돌아와 아빠 앞에 마주 앉아 두 손을 꼭 잡으셨다. 그러자 여태 입을 꼭 다물고 계셨던 아빠가 또 한 번 같은 말을 하셨다.

'고마워.'

나는 두 분만 남겨 놓고 나왔다. 입구 쪽에 놓인 자판기에서 연한 커피 한 잔을 뽑았다.

밖으로 나와 주차장에서 담배 한 개비를 꺼내 불을 붙였다. 손가락이 떨렸다. '보닛에 앉은 아가씨'가 날 바라보며 손짓을 했다. 나도 손짓으로 대답하고 가까이 다가갔다. 그녀가 가진 모든 것이 아름다웠다. 그녀의 얼굴, 눈빛, 입. 다리를 꼬고, 범퍼에 발을 올리고, 가슴을 쭉 펴고 앉아 있는 모습. 담배를 손에 들고 있는 모습, 담배 연기를 빨아들일 때 마치 '천천히'라고 외치는 것 같은 속눈썹의 떨림, 다시 담배 연기를 내뿜을 때 가볍게 목을 쭉 빼는 우아함. 부드럽게 내뱉는 첫마디 말까지도.

– 기다렸어요.

그녀가 담배를 들지 않은 나머지 한 손으로 자기 옆자리를 톡톡 쳤고, 나는 잠자코 그 옆에 가서 앉았다. 내 몸무게 때문에 차체가 살짝 어그러지자 그녀가 미소를 지었다. 우리는 아무 말도 하지 않았다.

내가 손에 들고 있던 자판기 커피를 내밀었고, 그녀가 커피를 몇 모금 마셨다. 우리가 처음으로 함께 나눈 것이었다.

잠시 뒤, 이번에는 그녀가 손에 들고 있던 담배를 건넸다. 실크 컷*이었다. 나는 몇 모금 빨아들인 뒤 인상을 찌푸렸고, 우리 둘은 함께 웃었다. 우리가 두 번째, 세 번째로 함께 나눈 것이었다.

● 일본 담배 브랜드명.

겨울 햇살이 우리를 비추었다. 포근하고 편안한 선물 같았다. 그녀는 두 눈을 감고, 아름다운 얼굴을 햇빛에 갖다 댔다. 나는 그녀를 바라보았다. 다른 욕심 없이 그저 그녀를 바라보기만 하고 싶었다. 순간 무언가 가득 차고 충족된 느낌이 들었다. 낯선 감정에 사로잡혔다. 하지만 두렵지는 않았다.

덤보 말이 틀렸다. 아이들은 기적을 일으킬 수 있다. 그들은 헤어진 사람들을 다시 하나로 합칠 수 있다.

잠시 뒤 엄마가 큰 소리로 날 부르셨다.

나는 곧장 보닛에서 미끄러져 내려와 땅에 다시 발을 디뎠다. '보닛에 앉은 아가씨'가 나를 향해 천천히 고개를 돌리며 미소 지었다. 그 순간 모든 게 시작되었다.

릴까지 가는 고속도로 위를 달렸다.

프랑스 뮈지크 라디오 채널에서는 피아니스트 타티아나 셰바노바가 연주하는 쇼팽 연습곡 Op. 10번 중 3번, '이별의 곡'이 흘러나왔다.

– 머리카락을 염색하면 보기 싫을 것 같니? 사랑에 빠진 여인이 물었다.

– 아뇨.

– 남자들은 좋겠어, 흰머리도 잘 어울리니 말이야.

내가 미소를 지었다.

- 살이 쪘더라.

- 그렇죠.

- 그런데 눈은 그대로더구나.

- 고양이 눈이요.

- 그래, 고양이 눈.

사랑에 빠진 여인은 어두운 들판 쪽으로 고개를 돌렸다.

- 어쨌든 많이 늙었더구나. 사람이 누구나 그렇지 뭐. 그래도 영
락없는 그 사람이더구나.

- 다른 말씀은 없으셨어요?

- 네 아빠가 원래 말수가 적은 사람이잖니.

나는 어깨를 으쓱해 보였다.

- '뛰어, 기차 출발 시간까지 50초밖에 안 남았어.'

- 갑자기 무슨 말이니?

- 엄마랑 아빠랑 헤어졌다고 말씀하셨던 날이요, 기숙사로 가는
기차가 출발하기 50초 전이었거든요.

- 에두아르, 그 사람 보러 다시 와야겠어. 아드리앙처럼 그냥 떠
나보내진 않을 거야.

- 엄마는 엄마로서 최선을 다하셨어요.

엄마는 울음을 애써 참으며 우울한 피아노 곡 선율에 눈물을 담
아 내는 것 같았다.

- 그 아가씨 예쁘더구나.

세상의 모든 엄마들은 모든 걸 보고 있다.

- 네.

우리는 크루아에 도착했다.

다시 파리로 향하기 전, 먼저 엄마를 집 앞에 내려다 드렸다. 눅눅한 방, 형편없는 표현, 중고 책, 덧없는 것들을 향해 가기 전에.

엄마가 차에서 내리시더니 고개를 숙여 내게 말씀하셨다.

- 에두아르, 네 소설은 지금 어떻게 돼 가는지 모르겠지만 오늘 넌 세상 그 어느 책보다 더 멋진 이야기를 우리에게 써 주었어.

나는 멍하니 엄마를 바라보았다.

엄마의 입술이 결정적인 한마디 말을 만들어 냈다. 아빠가 몇 시간 전에 두 차례 내뱉었던 바로 그 말.

엄마가 문을 닫으셨다. 아주 천천히, 우리가 방금 완성한 책 표지를 덮듯.

그러고는 캄캄한 건물 현관 안으로 사라지셨다.

나는 다시 시동을 걸고, 기어를 넣고 고속도로를 향했다. 나는 '파리'가 적힌 표지판을 따라가지 않았다. 목적지를 변경했다.

마침내.

이제 30분 정도면 마잉에 들어선다. 캄캄한 밤이겠지. 잔느 드 발루아 요양원 주차장에 가서 메르세데스를 주차하고, '보닛에 앉은 아가씨'가 떠나고 없으면, 그녀를 기다릴 거다.

차 키를 던져 버리고, 그녀를 기다릴 거다.